AF474350

FRÉDÉRIC MARCELIN

Le Passé

Impressions haïtiennes

PARIS

SOCIÉTÉ ANONYME
DE
RIMERIE KUGELMANN
Grange-Batelière, 12

EN VENTE
CHEZ
P. TAILLEFER, LIBRAIRE
67, boulevard Malesherbes

1902

Le Passé

Impressions haïtiennes

FRÉDÉRIC MARCELIN

Le Passé

Impressions haïtiennes

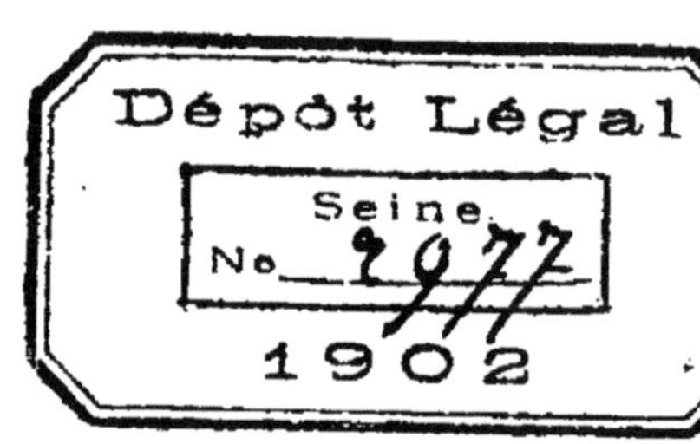

PARIS

SOCIÉTÉ ANONYME
DE
L'IMPRIMERIE KUGELMANN
12, rue Grange-Batelière, 12

EN VENTE
CHEZ
P. TAILLEFER, LIBRAIRE
67, boulevard Malesherbes

1902

Cet ouvrage était à l'impression quand un deuil cruel, me frappant ici même, en retarda l'apparition..... Presque au même moment des nouvelles graves arrivaient d'Haïti.

Bien qu'on ait parlé de guerre civile déclarée, j'espère encore que cette crainte est exagérée.

Quoi qu'il en soit, devant ce danger suprême, certaines opinions exprimées dans ce livre semblent n'avoir qu'une valeur paradoxale en face du *Salus populi*..... Notamment toute modification de notre système militaire est, hélas ! forcément reléguée à l'arrière-plan...

Ne désespérons pas, pourtant.

Le citoyen — soldat ou civil — qui procédera vigoureusement à notre sauvetage actuel sans perte de temps, s'il comprend tout son devoir, entreprendra demain, la paix rétablie, l'œuvre indispensable de délivrance et d'affranchissement de l'avenir.....

Paris, ce 26 Juillet 1902.

Le Passé

Impressions haïtiennes

Paris, Mai 1902.

J'écris ces lignes par de tristes journées de mai, glaciales, pluvieuses. Elles chagrinent d'autant plus qu'elles ont saisi le cœur presque en renouveau... Car avril déjà avait été magnifique. Il triomphait dans le sourire facile des femmes sur les avenues, dans la teinte pâlie des toilettes mi-claires, dans la joie alerte des arbres se hâtant de vêtir leur nudité. On avait dit adieu, sans regret, aux bûches de la cheminée qui n'arrivaient pas — combien pas ! — à remplacer, pour les frileux que nous sommes, notre soleil des Antilles... Dans les jours qui avaient vécu, on avait beau se tenir au plus près de la flamme pétillante, le malaise persistait, s'étendait jusqu'à la pensée qu'il rendait paresseuse, inerte, endolorie... Un sang d'agnelet, anémique et fade, circulait difficilement dans les veines barrées... La plume tombait des doigts gourds... Et en face du papier tout blanc on s'anéantissait, n'ayant plus la force de courir après l'idée, l'image fuyante.

Je n'aime pas l'hiver. Le froid m'assoupit devant l'âtre comme une marmotte. La bise qui gerce les visages au dehors, la terre qui vibre comme l'airain sous les pas, l'impalpable poussière blanche qui flotte, en une vapeur glacée, à quelques centimètres du sol, n'ont pas ma sympathie. Même le sentiment d'égoïsme doux de jouir du grand feu qui pétille devant soi, sans songer ou en songeant — ce qui est vraiment humain — que les pauvres gens n'en ont pas toujours, n'arrive pas à me réchauffer, à me ouater le cœur. En dépit des ans passés ici, je reste l'enfant des tropiques.

J'avais donc salué avril comme l'avant-coureur de la renaissance. J'espérais mai, ses fleurs et ses oiseaux, comme un sourire de la patrie absente. Et c'est mars qui revient, mars amplifié, dans ses tristesses, son ciel maussade, ses froids brumeux et lourds. Vite qu'on rallume la cheminée. Et tandis que, au plus près de la flamme, je poursuis très paresseusement ma besogne d'écrivain malhabile, d'écrivailleur, la pluie tape à coups redoublés sur la vitre. Voilà une visiteuse à qui je n'ouvrirai pas. Elle cogne pourtant furieusement, et ses larges gouttelettes sourdes qui rayent la buée du carreau résonnent comme un marteau fêlé...

Et des jours, bien des jours de ce triste mois s'écouleront, doivent s'écouler sans doute ainsi... Devant ma table de travail, sur la page commencée où les papillons de ma pensée volent sans pouvoir se fixer, où je passe les heures, où je les perds dans une sorte d'ankylose méditative, maladive, voilà que les journaux jettent — telle une bombe d'anarchiste dans une église vide — la brutale dépêche de la destruction de Saint-Pierre... D'autres, un peu plus tard, apportent qu'à Haïti même il y a une révolution, celle-ci d'ordre politique, heureusement.... Je dis heureusement, non pas seulement parce qu'aucune catastrophe ne saurait être comparée à celle de la Martinique, mais parce que j'ai aussi confiance dans la sagesse du peuple haïtien. Je crois que le fléau de la guerre civile n'est pas à craindre, qu'il ne doit pas fatalement découler du renversement de notre gouvernement. Je crois — je ne veux pas me rappeler qu'on le disait de la montagne Pelée — que le volcan révolutionnaire est chez nous, sinon éteint. du moins discipliné, conscient, si j'ose cette expression. Aucun excès n'est à appréhender. Cette fois, c'est simplement un peuple qui s'est levé pour réclamer ses droits. Et c'est remarquable, quand on pensait qu'il n'en avait plus conscience. Par l'usage qu'il en fera, on verra si, réellement, il a crû en expérience et bon sens.

Que de gros événements, dans ce mois de mai, pour nous autres Antilliens !

Le colossal ossuaire que celui de Saint-Pierre ! Il se dressera à jamais dans notre archipel en une horreur et une épouvante mystiques. Le monstre qui a accompli ce terrifiant prodige planera désormais sur nos îles... Si jolies, posées légèrement sur les flots. elles garderont le frisson, l'empreinte sacrée d'une colère formidable, insensée, inouïe, peu en rapport avec la beauté de leurs sites, la splendeur tendre et douce de leur nature... Oh ! le désolé petit pays de Martinique ! Il a pu croire, en ces heures atroces, que le monde s'écroulait avec lui... Le monde continuera, et il continuera sans doute, lui aussi. Il renaîtra à la vie, il rebâtira la ville ensevelie, peut-être dans les mêmes cendres. C'est la loi de l'existence. La fin n'est qu'un autre recommencement.

Allons ! il faut faire comme la nature, l'imiter, obéir à l'exemple qu'elle donne de perpétuel enfantement : on enfantera ce qu'on pourra. Il faut chasser les pensées anémiantes, les pensées conseillères de veulerie, d'abandon, qui m'engourdissent près de ce feu sans me réchauffer ni le cœur, ni le corps. Il faut cesser d'écouter la pluie monotone, ses longues larmes grises qui pleurent dehors. Je veux retourner au passé, parler d'hommes, de choses qui me sont chers, retrouver sous ma plume ce doux nom d'Haïti... Il caresse mon esprit comme un souffle idéal, comme une essence subtile et fortifiante, lointaine, de manguiers, de palmiers fleuris, transfusée à travers des sources qui rafraîchissent sans jamais geler... Je n'ai plus froid... Je demandais du soleil. Il m'a suffi de ne plus regarder la rue, de regarder au dedans de moi... Je l'ai retrouvé tiède, parfumé, comme il se lève chaque matin au sommet de nos mornes... Je couvrirai tant bien que mal ces feuilles de choses malheureusement fort insignifiantes, grâce à la façon dont je les dirai... D'abord, je parlerai trop souvent, trop continuellement de ma personne. Je vous en fais à l'avance mes excuses. On aime à parler de soi, en application, sans doute, du proverbe bien connu... C'est parfois téméraire, car l'homme se connaît-il soi-même?

II

BRICE. MONPLAISIR-PIERRE. BOISROND-CANAL.

A Haïti, nous avons une coutume qui date de la Révolution française pour nous, mais qui date pour l'humanité de l'origine même du monde : nous célébrons chaque année, au 1er mai, la fête de l'Agriculture. Les Grecs, pour ne citer qu'eux, fêtaient Cérès, la déesse des moissons, et à l'école, pour nous inculquer l'amour de la terre, on continue, dans les traités des beaux exemples, à nous enseigner que les Chinois obligent leur empereur, fils du Ciel, à tracer un sillon annuellement, en l'honneur du premier des arts... Après la guerre de notre indépendance, nos généraux, qui formaient naturellement la classe prépondérante, résidaient en famille sur leurs domaines. Ils les faisaient valoir n'ayant pas d'autres ressources. Cela changea malheureusement dans la suite. La fête resta au calendrier national tandis que les champs se dépeuplèrent de ceux qui devaient y donner l'exemple, de ceux qui devaient y maintenir l'ordre, la sécurité, la prospérité dans leur intérêt et dans l'intérêt de tous.

Le programme de notre 1er mai depuis longtemps ne varie guère. C'est la réception banale à l'Hôtel communal, la distribution traditionnelle des récompenses à quelques laboureurs portant sur leurs épaules des plants de cotonniers ou de cafiers; c'est leur défilé sur la place d'Armes; c'est le discours du chef de l'Etat parfois, du ministre de l'agriculture toujours. Le tout en présence de plusieurs milliers d'hommes sous les armes, au bruit des canons et des tambours... Je suppose que la bonne déesse, si elle pouvait parler, exprimerait le désir que ces soldats soient renvoyés *illico* aux champs... Mais elle ne parle pas et son image indécise se fond bien vite dans la fumée des salves... Tel est, d'un bout à l'autre de la République, notre immémorial 1er mai.

Il fut loin, toutefois, de ce cadre conventionnel, celui de 1875 !

J'étais allé, ce jour-là, de grand matin, en paisible bourgeois, à un petit bien que je possèdais aux environs de la ville. Mon père était mon voisin limitrophe. Après le déjeuner, je m'entendis appeler précipitamment par delà la haie vive qui séparait les deux propriétés. J'y courus. Mon frère et un de ses amis qui passait la journée avec lui chez mon père m'apprirent qu'il y avait, comme on dit chez nous, *mouvement en ville*, que les généraux Brice et Monplaisir Pierre, rempardés chez eux, résistaient par les armes au gouvernement qui avait voulu les arrêter. A travers le feuillage épais, je prêtai l'oreille. Le vent apportait assez distinctement le bruit assourdi du canon. C'était sérieux. Je montai à cheval et je pris le petit chemin qui, du pont Morin, conduit à la grande route de Turgeau. Pas un chat dans le parcours même. Au seuil de quelques ménages de prolétaires, des visages mornes, consternés, nettement hostiles. A la hauteur du pont de Bois-de-Chênes, je rencontrai un cavalier. C'était Nathan Modé. Il était pâle, ému.

— Qu'y a-t-il ? lui demandai-je.

— Monplaisir-Pierre et Brice ont été assassinés.

— Ce n'est pas possible, lui répondis-je. On s'est battu, il y a eu une prise d'armes ?

— Non, rien de tout cela. On est allé les canarder chez eux.

Il secoua la tête et continua son chemin. Je ne le revis plus. Il devait aller se faire tuer le 15 mars de l'année suivante dans la fatale descente de Saltrou.

Dominguiste, certes, je l'étais : j'avais passé, avec tout mon juvénile ressentiment de vaincu salnaviste, dans le camp — je n'explique pas, je raconte — qui me semblait le moins responsable de mes déboires politiques. A quel titre? Je ne saurais trop le dire, car Michel Domingue, aussi bien que Nissage Saget, avait été un des chefs de la révolution victorieuse. Mais autant je m'étais tenu éloigné de Saget, autant je m'étais rapproché de Domingue. Cette contradiction tenait simplement peut-être à la grande affection que j'avais pour Septimus Rameau. Je l'ai beaucoup aimé, car il était simple et bon dans l'intimité. Dans cette même petite propriété dont je viens de parler, il venait passer parfois quelques heures avec moi, presque seul, suivi d'un guide. Il arrivait à l'improviste, se baignait dans le grand bassin avec mes amis, dont plusieurs le détestaient à l'étrangler. A l'aise, plus bruyant même que nous, il prenait part à nos ébats. En véritable enfant des Cayes, amateur d'eau, il se plaisait à tour de rôle à nous faire *débarquer mulet*...

On peut, en passant, noter cette observation : que le point de départ des deux grands partis qui, si longtemps, agitèrent le pays est le même. C'est à la voix de Delorme et des parlementaires de 1862 que toute la jeunesse de l'époque partit en guerre contre Geffrard. Salnave, finalement, surgit de la crise. Or, ce sont les salnavistes vaincus, descendants des parlementaires de 1862, renforcés au fur et à mesure de tous les groupes dissidents, qui constituèrent le *parti national*, tandis que leurs adversaires formèrent le *parti libéral*. L'un et l'autre pourtant ont la même origine.

On n'abjure pas plus son parti que sa religion. Il y a si peu de circonstances atténuantes à l'apostasie, politique ou religieuse, qu'il vaut toujours mieux s'abstenir. Tant pis pour soi si on a fait un mauvais choix. Mais on ne doit pas hésiter à blâmer les actes mauvais, maladroits qui compromettent un gouvernement, une cause. On reste stupéfait, vraiment, — et tous nous en savons quelque chose ! — devant l'aveuglement, le *quos vult perdere Jupiter* dont les chefs font preuve en maintes occasions où la plus vulgaire habileté suffirait. Pour s'épargner des regrets, des remords, ceux qui croient avoir quelque droit, soit dans leur amitié, soit par les services rendus, ont mission alors de parler, d'avertir. Ce rôle n'est pas commode, assurément. A le pratiquer on ne récolte pas souvent d'agréables fruits. N'importe. Là est le devoir. Je réfléchissais donc très tristement, en continuant ma route, à ce que Nathan Modé venait de m'apprendre...

J'ai un défaut dont je ne me corrigerai pas, dont je ne demande pas, d'ailleurs, à me corriger : c'est de pouvoir admirer sincèrement les grands côtés de ceux dont je combats les idées, les doctrines. Il ne me coûte pas de reconnaître les mérites d'un adversaire... Or, Brice, Monplaisir-Pierre, Boisrond-Canal formaient à mes yeux une trilogie d'héroïsme et de gloire à laquelle toucher me semblait un sacrilège. Il me paraissait que cette trilogie était le trésor commun de tous les Haïtiens, leur réservoir de vitalité, de force. Rien n'était plus beau à mes yeux que la descente de Port-au-Prince, que ce renvoi des bateaux pour vaincre ou mourir. Tout cela, bien entendu, tout au fond de moi, car l'exprimer, en ce moment de lutte ardente et quand ces hommes étaient au sommet de leur réputation, aurait été pour moi la dernière des canailleries, consentir à suivre aucun d'eux m'eût semblé une désertion... A cette époque, on ne dédaignait pas les recrues. On faisait même beaucoup d'efforts dans ce sens. Je n'ai pas besoin d'affirmer, sans immodestie, que je n'étais pas plus négligeable qu'aucun de mes jeunes contemporains. J'eus donc parfois l'occasion, dans des réunions mondaines, de voir ces hommes de près...

Nul n'était plus séduisant que Brice. Grand, souple, les yeux d'une beauté, d'une puissance fulgurantes, il saisissait, il subjuguait tout de suite. Le don d'assimilation était merveilleux en lui. Chef révolutionnaire, audacieux au delà de toute expression, il s'était, la paix venue, improvisé industriel,

Il traitait maintenant les questions techniques les plus ardues avec facilité, éloquence. Il les enveloppait, les colorait d'une parole imagée qui n'y était pas déplacée, qui n'était que le reflet de la foi, de la flamme qui l'embrasait tout entier. J'assistai une fois à un élégant déjeuner donné en son honneur chez Régnemond Régnier, dans sa superbe salle à manger à coupole de la rue des Fronts-Forts. Il nous tint des heures sous le charme de son verbe ardent, convaincu. Et, quand il nous quitta pour s'élancer sur son cheval qui attendait à la porte, il me parut, — je donne l'impression qu'il fit sur moi, — un jeune dieu impatient de conquérir l'espace... Plus tard, je le revis encore... De l'usine Benjamin, il entraînait tout le peuple, l'acclamant à la suite de sa locomobile... C'était la même fougue, la même audace crâne rayonnant de sa personne, contagionnant tout à l'entour de lui !

Monplaisir-Pierre personnifiait la valeur calme, réfléchie. Il ne semblait pas s'en douter, tant elle paraissait inhérente à sa personne. On l'eût bien étonné de lui en faire compliment : il était né brave. Il ne savait pas qu'on pût être autrement. Durant cette longue guerre civile de près de deux ans, il avait sauvé des populations entières, préservé nombre de villes du pillage et de l'incendie. Sa personne respirait la franchise, l'honnêteté, l'humanité. Mais cette douceur enveloppait une volonté inflexible que rien ne pouvait plier. Cette âme héroïque ne transigeait pas. Monplaisir-Pierre avait déclaré, une fois, qu'il ne se laisserait jamais arrêter... Ce lion ne pouvait pas mentir.

Boisrond-Canal..... Échappé miraculeusement à ce tragique 1er mai, il vit encore. Après avoir été Président de la République, il a, par deux fois, embarqué pour l'exil deux de ses collègues postérieurs, ce qui souligne sa physionomie d'une pointe originale. On parle mal d'un vivant aussi vivant. Peut-être n'aurais-je pas non plus pour lui assez d'impartialité, car, si l'homme privé me séduit, il n'en est pas de même de l'homme public. Il lui faudrait, au surplus, mieux qu'une légère esquisse, à lui qui a joué un grand rôle politique, rôle que ni Brice, ni Monplaisir n'ont pu remplir. L'Histoire, — et je lui souhaite que ce soit le plus tard possible, — fera cette tâche. Je me borne à constater ses qualités personnelles : une bravoure froide, allant au devant du danger comme s'il niait son existence. Et ce signe particulier, peut-être unique chez nous : une simplicité absolument républicaine dans l'exercice du pouvoir. Quant à son humanité, à sa générosité, ses amis disent que ces qualités sont synonymes de son nom.....

Ces trois hommes, — Brice, Monplaisir-Pierre, Boisrond-Canal, — me paraissaient donc une sorte de patrimoine national sur lequel il ne fallait pas porter la main. Je n'étais pas assez naïf pour ne pas sentir qu'ils constituaient un danger pour le gouvernement, qu'ils allaient le renverser à bref délai. Je ne sais pas, par exemple, comment je me serais conduit si j'avais été le chef du pouvoir. Je crois que je les aurais annulés en ne faisant pas trop de fautes, en gouvernant le mieux que j'aurais pu. Ce n'était malheureusement pas ce qu'on faisait. Et la pire des maladresses, à part le crime qu'un chef d'Etat, quel qu'il soit, commet en privant la patrie de ses meilleurs enfants, était de s'en débarrasser violemment.

En entrant en ville, je vis que tout était fini. Le canon venait de se taire. Perdu, Monplaisir-Pierre s'était tué, comme il devait le faire, comme un héros. Il avait *bu* sa dernière balle en haut de l'escalier où il avait guerroyé, seul, contre une armée... Car on avait mis sur pied toute la troupe. on avait tiré le canon contre cet unique combattant... Il put contempler, avant de mourir, la peur qu'il inspirait, compter le nombre de ses victimes... Tandis que la mitraille, les balles, sans le toucher, émiettaient autour de lui la maison, transformée en citadelle, sa meurtrière carabine, infatigable, avait fauché, fauché dans le tas... Brice, blessé en traversant la place qui se trouve devant les bureaux de la Compagnie dont il était le chef, était entré au Consulat espagnol.

J'arrivai au Palais. A peine avais-je mis pied à terre que je fus apostrophé par un personnage galonné paradant, pétaradant sur son cheval écumant :

— C'est à cette heure que vous arrivez à la défense du Gouvernement ? Et où est votre carabine ?

J'évitai de répondre à l'homme de guerre et m'enquis du vice-président du Conseil. Il était dans sa demeure, tout à côté, à deux pas. Je m'y rendis. Il me reçut immédiatement. J'avais toujours eu avec lui, je l'ai déjà dit, la plus grande liberté de langage. Je crois qu'il était content de cette façon d'agir. Du reste, je l'ai pratiquée, cette façon de dire, d'écrire toute ma pensée, vis-à-vis de tous les chefs que j'ai eu l'honneur d'approcher.

— Et après ? demandai-je à Septimus Rameau.

Il me tendit alors — j'ai la scène vivante

sous les yeux — une proclamation datée de la veille où Brice, Monplaisir-Pierre et Boisrond-Canal étaient bannis du territoire national parce qu'ils taisaient *obstacle au bonheur de la République.* Je lus la pièce machinalement et je m'arrêtai — je m'en souviens encore — sur ces mots : *nos troubles et nos discordes civils.* L'adjectif s'accordant grammaticalement avec le substantif masculin choqua, je ne sais pourquoi, mon œil. J'ouvrais la bouche pour en faire l'observation quand je me retins à temps... Hélas ! de quelle puérilité donc mon esprit se préoccupait-il en face d'un tel événement !

— Vous voyez bien, me dit-il, que le gouvernement n'avait qu'un but : les éloigner du territoire d'Haïti.

— Mais on n'arrête pas avec une armée, des canons, des fusils chargés.....

— Tant pis pour eux ! Ils ont forcé les événements. Pourquoi ont-ils résisté ?

— Tout cela est fâcheux. C'est la lutte. Quoi que vous fassiez, vous aurez un parti campé à Kingston. Désormais, la paix n'est plus possible.

— Vous vous trompez. J'ai assuré la tranquillité publique.

Il éleva la voix, impatient, un peu colère. Il avait son képi rouge galonné et son veston d'alpaga gris qu'il venait de passer en quittant l'habit militaire. Nous étions dans la grande pièce à jalousie dormante donnant sur la rue. Assis devant le bureau placé dans l'angle proche du Palais, son secrétaire particulier écrivait. Les clameurs des soldats échauffés, surexcités, montaient dans un grand tapage jusqu'à nous. Il écouta et dit :

— Le peuple est avec le gouvernement !

Je le saluai silencieusement et descendis. En bas, sous la galerie, on disait Boisrond-Canal en armes à Frère, dans son habitation. Le même guerrier qui m'avait interpellé parlait véhémentement de le ramener en ville mort ou vif. Il y avait du tumulte, des gestes excessifs, du battage, mais, en somme, peu de conviction. On s'étourdissait. Et en grattant légèrement ce flux de paroles, on aurait trouvé vite l'impression d'inquiétude, d'abattement, d'incertitude pour l'avenir que l'acte provoquait. Cette impression était visible même chez les plus notoires partisans du gouvernement. On n'arrivait pas à cacher que ce fait brutal, énorme, déconcertait, déroutait. Il n'était pas douteux qu'il allait élargir la sphère d'isolement dans laquelle, dès le premier jour, le pouvoir semblait avoir été enfermé à Port-au-Prince même... Je rentrai chez moi, en ville. Maintenant un seul sentiment me dominait, autre, au-dessus de la pitié pour les victimes. C'était un sentiment d'énervement profond, la conscience claire d'une faute qu'on aurait dû éviter parce qu'elle faisait admirablement l'affaire des adversaires. Elle m'imposait d'autant plus le devoir de fidélité au régime condamné.

Le soir tombait quand je m'entendis appeler de l'ombre des gros piliers de la maison Poulle, dans la Grand'Rue, où j'habitais l'appartement à côté de celui de mon beau-père. Je me penchai au balcon. La voix monta :

— Il est mort, faute d'un médecin pour arrêter l'hémorragie.....

Il s'agissait de Brice, blessé au pied.

Chaque fois que j'en ai trouvé l'occasion — trop fréquente, hélas ! dans notre histoire — j'ai flétri les représailles. Dans *Labasterre*, j'ai fait le portrait des scènes sanglantes qui marquèrent la chute de Domingue..... Mais qu'il est triste d'être forcé de reconnaître que l'antique, la sauvage loi du talion domine les individus aussi bien que les foules, que c'est parce *tu m'avais arraché l'œil que je veux arracher, que j'arrache le tien !* Pour la faire taire, pour étouffer en soi cette voix qui, en paiement du sang, demande du sang, il faut être doué d'une très haute culture morale. Et encore !... Nos gouvernants n'ignorent sans doute pas que le roi de France ne vengeait jamais les injures du duc d'Orléans. Mais c'est dans l'application que cette parole leur semble vide de sens... Naguère, l'un disait à un malheureux soupçonné d'opposition : Ne me faites pas souvenir qu'à telle époque vous m'avez offensé. — Justement, Excellence, il ne faut pas vous souvenir. — Un autre proclamait : Je pardonne ; je n'oublie pas. — Non, Excellence, vous devez pardonner et vous devez oublier.

La représaille, la féroce représaille a couvert ainsi d'un voile hideux toutes les pages de notre vie nationale. Elle disparaîtra avec une politique d'union, de concorde, de justice réellement pratiquée. Il n'y a pas à énoncer cette politique-là. C'est inutile, puisque chacun la fait entrer dans son programme. Il faudrait, tant soit peu, la mettre en action pour essayer.

Gouvernants, donnez donc l'exemple au peuple. Jusqu'ici, c'est lui qui le donne rarement, pourtant de temps en temps, et vous..... jamais.

III

LA VÉRITÉ AU PUBLIC, NOTES DE L'EXILÉ.

Je viens d'ouvrir une petite brochure : *La Vérité au public* (1). J'ai pris soin, il y a déjà pas mal de temps, de la faire relier et elle figure en bonne place dans la collection de mes auteurs haïtiens. Au hasard, je relis ceci à la page 46 :

Il y a dans ce cachot un plafond peint en noir, soutenu en dessous par des traverses. Toutes les planches de ce plafond tombent en poudre. Les clous n'y tiennent plus.

Dans ce plafond se trouvent de larges trous qui permettent d'en voir encore de bien plus larges dans le toit même de l'édifice couvert en

(1) A. Fernand. *La Vérité au public.*

tuiles dont une bonne partie a passé on ne sait qù. Cette vétusté nous avait permis de recevoir les rayons du soleil et de la lune, les seuls témoins de nos misères du jour et de la nuit.

De temps à autre, le bruit des tuiles qui se détachaient du toit nous indiquait le doigt de la Providence, montrant à des condamnés à mort la route à suivre pour une fuite, leur disant : C'est ici à passer. Passez-y.

Ce trou était en effet l'œuvre d'une charité invisible ; mais l'égoïsme devait lui disputer son fruit bienfaisant.

Dans ce même cachot, des mortels, en d'autres temps, luttant avec le malheur et les vicissitudes de la vie humaine comme nous, avaient commencé à perforer ce seul mur qui sert de mitoyen avec le consulat anglais.

Il y avait le travail d'un demi-pied de fait dans ce mur de deux pieds d'épaisseur.

Il se trouvait donc pour nous autres, les neuf prisonniers qui étaient dans ce cachot, deux moyens faciles de s'évader, n'offrant aucun danger. — D'ailleurs, quel est le péril à courir qui pouvait se mesurer à la mort certaine qui était en face de nous ? — Ces deux trous, qui méritent d'être qualifiés plus majestueusement, avaient joui de toutes mes caresses.

Enfin, ils étaient pendant de longs jours adorés par les regards suppliants de neuf condamnés que la destinée cependant avait retenus captifs. Un de nos compagnons avait affilé son mauvais petit couteau. Il eût eu raison facilement des vieilles lattes de pitchpin du cachot, les tuiles gênantes seraient retirées de leurs arrêtes dans l'intérieur même du cachot et seraient déposées doucement.....

Enfin, rien de matériel qui devait servir à notre fuite n'avait manqué, sauf la résolution. Trois de nos compagnons étaient fortement opposés à cette évasion, John Perpignand, Altémar Borde et Granville Saint-Victor. Les deux premiers avaient fini par y adhérer, mais le dernier était froid comme du marbre devant cette résolution ; et il y était si contraire qu'il nous menaçait de se plaindre au concierge si nous continuions à lui en parler. Georges Heantjens, qui ajoutait beaucoup de prix à sa vie et qui avait parfaitement raison, était le plus préoccupé de cette évasion. Il avait le cœur serré devant une fuite possible et facile, mais que la volonté d'un seul rendait impossible. C'était exposant d'en parler, même au tuyau de l'oreille. Georges, inquiet de plus en plus sur son sort (en vérité on ne peut y penser sans qu'une larme ne vienne interrompre ce récit), Georges tomba en supplication aux pieds de Saint-Victor et lui dit :

— Tous les autres amis acceptent que je me

sauve seul. Il n'y a que vous qui vous y opposez. Laissez-moi donc m'en aller, mon cher, peut-être n'ai-je pas huit jours à vivre si je reste ici !

— Non, répondit durement Saint-Victor. Personne ne se sauvera : nous mourrons tous ensemble.

Quel flot d'idées cette lecture réveille ! Quelle évocation !... Nous sommes à Saint-Marc, vous savez bien, en mai 1882. C'est le cachot des condamnés à mort. Ils sont quarante. Et quels condamnés ! Lys, Mentor Nicolas, Lafontant, Saint-Victor, Prosper Bellanton, Mesmin Alexis, Montholon Perpignand, Fournier, Georges Heantjens, etc.

Voulez-vous encore une page saisissante, vécue ?

Dans ma chambre, continue le même auteur, où nous étions au nombre de neuf dont deux ont survécu, Gardère et moi, dès l'Angélus, Georges abandonnait son lit pour venir partager le mien et toujours pour me communiquer ses craintes. J'en étais fatigué tant que moi je tenais à les éloigner. La nuit du jeudi à vendredi, jour de l'exécution, a été pour Georges une nuit des plus agitées. Il avait le pressentiment de ce qui allait arriver et cependant je puis affirmer que rien n'avait transpiré par les grilles de nos cachots, pas même l'arrivée du bateau *La Sentinelle*, qui s'annonce d'ordinaire par son sifflement. Si nous avons eu, après nos prières en commun, l'habitude de nous livrer à quelques commentaires sur notre situation, ce soir il n'en a été rien. Jamais nuit ne fut plus calme. En cela, nos désirs furent remplis : en cas d'exécution, on préférait n'être pas averti la veille.

Dès minuit, cependant, Georges était debout tantôt faisant des pas perdus, tantôt se jetant dans mon lit, interrompant le sommeil de tous. Tous lui adressèrent des reproches, le menaçant de s'en plaindre au concierge le lendemain matin. Hélas ! ce lendemain était à l'éternité, ses portes étaient déjà entr'ouvertes.

Cependant, un moment après minuit, Georges, qui ne dormait pas, avait entendu appeler Elas, le chef des prisonniers pour crimes de droit commun. Il était complètement habillé et se couchait tel à mes côtés sans m'avertir de rien. Il était 4 heures quand Georges nous l'annonça, et moi le premier, ayant paru à la grille, je vis rentrer les prisonniers. Malgré l'ordre du concierge de les faire mettre dans un cachot pour empêcher toute communication avec les prisonniers politiques, j'ai pu savoir de Elas ce qu'il venait de faire et, sur ma demande, il me fit comprendre par un signe que c'était quatorze. Triste chose et drôle en même temps. Au mot de quatorze, personne ne voulut être compris dans le nombre et chacun de désigner ceux qu'il croit devoir passer, en exceptant sa personne. Notre premier mouvement à tous était de s'habiller vite. Charles Fournier écrivait sa dernière volonté et moi j'étais debout devant lui me préparant à faire autant aussitôt qu'il aurait terminé. Il me céda enfin sa place et j'écrivais à ma femme quand le commandant de la place entra pour régler son service, c'est-à-dire réunir dans deux chambres les quatorze condamnés qui allaient être frappés à Saint-Marc.

Quatorze furent donc fusillés à Saint-Marc. Ils moururent comme il faut mourir : bravement. Lys, le chevaleresque Lys, fut narquois, railleur en face du peloton d'exécution :

— Bah ! disait-il à ses compagnons, dans un héroïque mensonge, et pour que tout le monde, s'il en était besoin, parût crâne devant la mort, Salomon n'est qu'un comédien ! Je le défie bien de nous faire fusiller. Les fusils ne sont pas chargés à balles. Pas un de nous ne tombera après la décharge, vous verrez !

Mentor Nicolas fut tel qu'on le vit quand, après son équipée révolutionnaire — sorte de rêve, de cauchemar qui le fit une nuit monter à cheval, traverser l'Artibonite, arriver à Saint-Marc et tout seul proclamer la Révolution — il était ramené dans les cachots de Port-au-Prince. Il fut dédaigneux et superbe. Il le fut tout le temps de sa longue détention, tout le temps de son procès. Il le fut en face de la mort. Il avait joué. — Avait-il joué ou plutôt n'avait-il pas été joué ? — En tout cas, il avait perdu. Il payait sans barguigner.

Quatorze autres furent expédiés aux Gonaïves où ils furent, à leur tour, exécutés. Ils avaient pu entendre, ceux-là, de leur cachot, les décharges successives qui abattaient leurs compagnons. Leur agonie fut longue, agrémentée. Dans le cours des quelques heures qu'ils vécurent ainsi durant le parcours de Saint-Marc aux Gonaïves, ils savourèrent des sensations qu'en bonne équité — j'écris là une bêtise, mais je n'ai pas d'autre façon de me faire comprendre — les ordonnateurs de peines capitales auraient dû pouvoir goûter, par anticipation, avant de les offrir aux autres. — Un cuisinier goûte bien à sa sauce ! — Et on dit communément : *J'ai passé par là !* pour marquer qu'on sait bien une chose, qu'on y a une certaine expérience. Eh bien ! si on pouvait se dire : J'ai été fusillé. Je sais ce que c'est ! — on regarderait à deux fois peut-être avant de signer un arrêt de mort de vingt-huit personnes...

Je ne suis pas sûr de l'immortalité de l'âme et, en le confessant, je ne crois pas offenser Celui qui est au-dessus de nous... Quand je parle de l'immortalité de l'âme, c'est plutôt un effet chez moi d'habitude, d'éducation première et vraiment sans réfléchir... Mais ce que j'inclinerais à croire sans effort, c'est que ceux qui assument la responsabilité de verser le sang, de faire verser le sang, vivent eux, au moins temporairement — le temps de s'expliquer — au delà de cette existence. Cette donnée me semble équitable. C'est un triste, un dangereux privilège qu'ils ont acquis sur leurs semblables... Car ils ont détruit des créatures humaines, ils ont ôté la vie, qui est une chose divine, au-dessus de tout pouvoir, de toute science sur cette terre. Il est juste, il est rationnel qu'ils aillent rendre compte au Divin des motifs qui les ont poussés à cette extrémité. Ayant accompli un acte extra-humain, ils sont sortis des fins, des aspirations de l'humanité : savoir le définitif repos. Ils ne le goûteront, ils ne goûteront l'éternité de ce repos, qu'après justification. Et il me paraît qu'une telle justification doit être laborieuse.....

Voici encore un livre, le complément en quelque sorte de celui que je viens de vous citer. Il est intitulé : *Notes de l'exilé*. C'est le journal de siège, jour par jour, de Charles Desroches enfermé à Miragoâne. Il commence au 24 mars 1883. Il finit ainsi :

Dans les bois, mardi 8 *janvier* 1884. — Nous

avons passé toute la journée dans un bois entre deux chemins et très près de deux maisons. Nous entendions tout ce qui s'y faisait. On racontait les faits de la journée. Pendant un moment, nous entendions conduire quelqu'un. Termitus me dit avoir entendu le nom de Michel. Dix minutes ne s'étaient pas écoulées que nous entendions un feu de peloton. Nous comprenons qu'il est fusillé. Mon compagnon est resté inquiet toute la journée. Il tremble devant la pensée, l'idée de la mort. Il me présente mille projets pour l'éviter. Il aurait voulu se mettre tout nu. C'est ainsi que, par son conseil, j'ai laissé plusieurs de mes effets, ma carabine, ma vieille lévite, pour être plus léger. Ce qui ne m'a pas fort dérangé, car je me dis pourquoi aller tuer quelques malheureux pour me défendre quand cela ne peut me sauver la vie et ne peut que charger ma conscience que je veux tenir, avoir la plus nette que possible au moment de la mort...

Cependant, de moment en moment, nous entendions très près de nous, tantôt dans le lointain des coups de feu suivis de feux de peloton. Nos cœurs étaient déchirés par ces détonations, car nous comprenions que c'étaient des amis qu'on fusillait et peut-être de bien malheureux innocents qui ne cherchent qu'à sauver leur vie C'est de cette manière que nous avons passé la journée, ne mangeant qu'un morcau de pain et attendant la nuit. La nuit arrive : vec ses ombres protectrices, nous cherchons à gagner du terrain. Dans notre première excursion, nous allons nous jeter sur un poste. Heureusement, nous avons été avertis à temps par la voix des soldats pour avoir le temps de nous écarter. Après plusieurs contours, nous venions de gagner un petit sentier, après avoir traversé un grand chemin, quand nous entendons des pas derrière nous. Nous n'avons eu que le temps de nous coucher à plat ventre derrière le bois. Des hommes viennent par le grand chemin. L'un dit : « Ce sont des hommes », et arme son fusil ; l'autre dit : « Ce sont des bêtes. » L'avis du dernier prévaut. Ils se retirent. Nous, de notre côté, nous nous retirons dans l'intérieur des bois. Après avoir fait plusieurs détours, nous gagnons un petit morne. Nous y passons la nuit. Avant le jour, je gagne avec mon compagnon les hauteurs sans savoir où nous sommes.

Mercredi 9 janvier 1884. — La nuit passée tant bien que mal a été suivie de la journée qui a été assez calme. Mais, vers cinq heures de l'après-midi, nous entendons des gens dans le bois. Ils parlent d'un mulâtre qu'ils ont vu. On comprend naturellement notre situation.....

Le livre s'arrête là. Pas n'est besoin de vous dire que l'auteur n'a pu le continuer parce qu'il a été pris, fusillé après ces lignes... Bien que des doutes s'élèvent en moi sur la véracité de cette dernière partie, sur cet homme traqué dans les bois qui s'arrête sous un arbre pour consigner ses notes, bien que certaines réflexions. trop souvent répétées, me semblent trahir la préoccupation d'un gouvernement désireux de faire servir cette infortune à la confusion de ses adversaires, je tiens le livre pour vrai dans son ensemble. Des détails, pris sur le vif, impossibles à inventer, en témoignent Jugez-en :

Vendredi 18 *mai* 1883. — Je me suis levé, ou du moins Butler est venu me réveiller, depuis quatre heures, pour monter la faction à son remplacement. L'ennemi paraît bien calme ce matin. Jusqu'à six heures, pas un coup de feu. Je ne sais si c'est parce que je pense fortement à ma femme que je l'ai vue en songe cette nuit. Elle était étendue sur son canapé, habillée d'une robe rose et la tête appuyée sur son oreiller ayant une taie rouge. Quand j'ai paru, elle fit un mouvement pour courir. C'est au même instant que Butler est venu me réveiller. Dieu veuille que je la voie bientôt et que ses peines finissent ! Vers sept heures, le gros canon de l'Ilet, après avoir lancé sept à huit boulets, suspend son feu et le calme s'est rétabli. A onze heures, la mitrailleuse est venue jouer un moment sur nous. La tranquillité, rétablie jusqu'à deux heures, a été troublée par quinze coups de canon de l'Ilet, trois ou quatre de Jean-Louis et trois de Détours. L'ennemi a battu l'assemblée en deux fois dans la ligne des Détours ; nous ne nous rendons pas compte de cela. Jean-Louis et Détours ont fermé l'après-midi par une dizaine de coups de canon à mitraille. La nouvelle troupe qui est aux Détours paraît fort gaie, car elle a battu des airs de joie toute l'après-midi. J'ai bien peur pour ces malheureux. Probablement, ils changeront de disposition après avoir *mordé collé*. Je dis une nouvelle troupe, parce qu'on est venu nous annoncer de la ville qu'un bateau avait déposé de nouvelles troupes aux Détours, ce que nous avons remarqué par le son de leur tambour et leur mouvement. Les dispositions qu'elles ont prises annoncent une attaque pour demain. Dans cette prévision, nous avons passé la main dans nos remparts et nous les attendons de pied ferme. J'ai passé une journée bien triste. Elle a été pleine de pénibles réflexions. Ma mère, ma femme, ma famille entière, tout cela est venu livrer une guerre terrible dans mon esprit.....

....

Jeudi 24 *mai* (*Fête-Dieu*). — La journée a commencé bien triste pour nous. Nous étions couchés sous la galerie quand nous entendons Ch. Geffrard, qui était assis au bord du rempart, nous crier : Messieurs, messieurs ! Chacun croyant que c'était l'ennemi se jette sur sa carabine. Je suis arrivé le premier auprès de lui. Je l'ai trouvé assis par terre. Il venait de recevoir une balle qui l'a traversé de part en part. Dantès est venu me trouver et nous l'apportions dans la maison quand il s'est levé et a marché. Il paraît très frappé, bien que nous lui disions que sa blessure, comme de fait, n'est pas dangereuse, il a été conduit à l'hôpital.....

Dimanche 27 *mai* 1883. — Il y a aujourd'hui deux mois que nous nous sommes rendus maîtres d'ici.

C'est la plus terrible journée que nous avons passée. L'ennemi s'était avancé de la plupart des remparts de la ville et attendait le signal de l'attaque. A cinq heures du matin, une vive fusillade du poste du monticule est venue réveiller la plupart et nous annoncer qu'il fallait se préparer à quelque chose. Tous, nous nous rendons à nos postes respectifs. Cinq minutes ne s'étaient pas écoulées que l'ennemi s'annonçait par un feu sur nos deux flancs, tandis que la colonne de front venait à nous, au pas gymnastique, sans tirer. Elle a eu le temps de s'avancer jusqu'à trente ou quarante pas de nos remparts, supportant bravement notre feu et suivant son chef que nous avons cru reconnaître pour Rude-Raide (Saint-Vil). Soit que le chef ait été blessé ou qu'arrivé à cette distance, il ait été pris de terreur, il fit un mouvement avec son coco-macaque et nous fit voir ses talons ainsi que ses gens. Leurs jambes sont aussi agiles pour aller que pour venir. Un général noir, de grande taille, qui voulait les pousser au feu, a été abattu par nous ainsi que ceux qui voulaient le soutenir. Après le combat, nous avons permis à l'ennemi de venir ramasser ses morts et ses blessés et ils nous ont remerciés en s'en allant. Plusieurs soldats ont joué aux blessés pour pouvoir se sauver. Nous leur avons dit de s'en aller, que nous savons qu'ils ne sont pas blessés. Ils nous ont remerciés. Il y a beaucoup de victimes. Ce serait un véritable massacre si nous avions plus de monde au rempart. Nous n'étions que sept au commencement et dix à la fin. Au premier coup de feu du Détours, l'ennemi répondait à ce signal en attaquant tous les autres points ; les deux bateaux de Salomon entraient dans la rade pour opérer un débarquement. Il y a eu un moment de suprême inquiétude pour nous qui étions au Détour et tiraillant toujours l'ennemi qui s'enfuyait. Nous avons remarqué, à sept ou huit pas du rivage, les deux vapeurs *L'Egalité* et *La Sentinelle.* Grâce à Dieu, nous n'avons été qu'inquiétés, car un des deux bateaux a été chassé à coups de fusil. Il y a eu un bombardement. Gloire en soit rendue au Seigneur ! Cette journée a été une belle journée. L'ennemi repoussé sur tous les points a été consterné. Il a éprouvé des pertes partout. C'est une chose bien triste que d'être forcé de tuer ses concitoyens, ses frères...

Et cela continue ainsi en de nombreuses pages.....

Ce siège de Miragoâne, cette année 1883, quels tristes souvenirs ils rappellent ! De quelles afflictions, de quel deuil, de quelles calamités ne couvrirent-ils pas la Patrie tandis qu'ils étaient, pour quelques étrangers la source d'une rapide, d'une prestigieuse fortune ! De là date la décadence, la chute irrémédiable de nos familles haïtiennes. Appauvries, ruinées, décapitées, elles ne purent que se traîner, languir par la suite...

C'était un soir au Cercle Vaillant, dans la Grand'Rue. Un ami me fit demander. Je descendis. Il était à cheval sous la galerie. C'était un fougueux national.

— Les libéraux, m'annonça-t-il, ont débarqué à Miragoâne !

J'éprouvai un choc. Je vis, dans la nuit noire, profonde qui enveloppait la rue et les galeries voisines, comme un éclair illuminant une longue route sanglante, jonchée de cadavres, dévastée par l'incendie, une route atroce, abominable... Et, en même temps, j'eus la vision très nette que c'était l'irrémédiable folie qui se commettait. Oui, l'irréparable, l'absolue folie... Débarquer à Port-au-Prince, comme on assure qu'il en fut un moment question, avec les cent deux héros, malheureux et coupables, qui allèrent lentement se consumer dans le traquenard de Miragoâne, restait toujours une folie, mais une folie magnifique qui pouvait peut-être réussir momentanément et pour certaines raisons... Aller à Miragoâne n'avait aucune espèce de signification, aucune chance de succès. C'était la catastrophe sans issue, le suicide, le désespoir aveugle. Avait-on donc oublié ce que Salnave avait fait, sans ressources, sans autre appui que son activité militaire, presque pas un gouvernement, avec les populations soulevées du sud ? Il n'était pas présumable que le général Salomon qui, certes, disposait de moyens autrement puissants que Salnave, restât au-dessous de lui. Du reste, la lutte entre les deux partis qui s'étaient partagé le pays était loin d'avoir perdu de son acuité. Il ne fallait pas grand effort pour prévoir que, renouvelée, elle serait impitoyable, sans merci. Elle ressoudrait plus fortement que jamais les anneaux d'une chaîne que le temps seul pouvait relâcher... Le temps ! les hommes sont trop impatients pour compter, en politique, sur son action... Le parti libéral, précisément, dans une série de luttes successives, meurtrières, avait démontré sans réplique qu'il dédaignait ce facteur pour ne placer toute sa confiance que dans la carabine...

Remonté dans les salons, je confiai à un de mes amis ce que je venais d'apprendre :

— Le gouvernement est perdu ! me déclara-t-il.

— Il est sauvé, lui répliquai-je. Vous voyez tous ces embarras d'argent dans lesquels il se débat, tous ces rouages d'une administration qui grincent parce qu'ils ne sont pas suffisamment huilés... Eh bien! grâce à ce débarquement, ils ne crieront plus. Toutes ses misères vont fondre dans le sentiment de la solidarité. Rappelez-vous ce que je vous dis : le pouvoir, chancelant, mourant ce soir, va se réveiller fortifié demain, fortifié de toutes ces passions ardentes, violentes, non éteintes qui rappliqueront à la lutte, non seulement parce qu'on les y conviera, mais aussi parce qu'elles y verront une question d'orgueil, d'intérêt personnel... Si le parti libéral a pu réunir cent convaincus pour aller à Miragoâne, soyez sûr que le parti national en trouvera des milliers pour les en déloger.

Il secoua la tête, incrédule. J'étais, moi, bien convaincu du triomphe. On avait trop souvent battu l'adversaire sur ce terrain-là — justement parce que ce terrain était la négation flagrante de tous les principes dont il se réclamait — pour qu'il pût y avoir le moindre doute là-dessus. Ce qui m'inquiétait était autre : je me demandais si, une fois en train, on ne dépasserait pas toute mesure...

Que d'événements depuis ce soir-là!

Je vois encore cette chose épouvantable, macabre, ce sac de Port-au-Prince le 22 et le 23 septembre... Je vois passer sous mes yeux les pillards, les assassins, les incendiaires, ivres de rapines, de sang, d'incendies (1)... Je me vois encore avec mon infortuné beau-père consolidant, durant la nuit tragique, nos portes avec de grosses barres de fer, des poids de 100 kilos, anxieux qu'elles ne cédassent sous l'assaut des forcenés qui voulaient les enfoncer, tremblant pour les pauvres femmes, nos

---

(1) Le général Hyppolite disait : « Messieurs, je vous l'annonce : le jour que, sur un point quelconque du pays, l'on prendra les armes contre mon gouvernement, il n'y aura ni pillage, ni incendie, car je fusillerai impitoyablement le premier individu qui aurait ou donné le signal du pillage ou allumé une étincelle... »

(Allocution du Président, *Moniteur* du 8 août 1894.)

voisines, qui avaient cherché chez nous un asile contre le feu, notre maison étant en briques, à l'épreuve, croyait-on... Le carnage, le délire duraient tout un jour, toute une nuit, toute la matinée du lendemain encore... Puis, subitement, ils prenaient fin devant l'*ultimatum* du corps diplomatique. Les bandes alors se dispersaient, rentraient dans l'ordre. Il avait fallu ça, ce geste, cette dernière honte pour arrêter instantanément l'autre, celle qui souillait la nation depuis tant d'heures.

M..., petit consul de je ne sais quelle puissance de l'Amérique du Sud, familier du Palais, racontait, plus tard, devant moi, qu'il avait vu Salomon durant cette journée terrible, que celui-ci gémissait : « Mon peuple m'a déshonoré ! » Non, il ne faut pas déplacer les responsabilités. Le déshonneur n'est pas pour le peuple. Il est pour le chef qui, le sentant, le pouvant, n'a pas arrêté l'acte déshonorant, ne l'a arrêté que sous l'injonction des puissances étrangères, ce qui est une aggravation de déshonneur...

Et pourtant, j'en suis persuadé, Salomon avait le sentiment de la dignité extérieure. La posture forcément barbare que le sac de Port-au-Prince devait donner à son gouvernement ne pouvait lui échapper... Faut-il croire ceux qui prétendent que, dès le début des événements, il perdit conscience de lui-même ?... On a raconté, en effet, qu'ayant mangé des figues-bananes le matin, il eut des coliques violentes pour avoir bu trop abondamment de cognac aux premiers coups de feu. Il se croyait empoisonné et ne cessait de geindre : *Yo quimbé moin !*

J'ai dit ailleurs qu'un ministre de Salomon, quelques jours après, me tint ce langage :

— Si j'avais été ici, cela ne se serait pas passé ainsi : c'est sauvage, cela. On nous calomnie déjà trop pour justifier par nos actes ce qu'on dit de nous. J'aurais empoigné certainement ceux qui avaient tiré sur Phénor Benjamin où qu'ils se seraient cachés...; mais brûler, piller, ça, non...

Ce ministre était le général F. Manigat. Il

me parlait ainsi devant les formidables décombres des magasins éventrés, saccagés du *Bord de mer*.

— Sans compter qu'il faudra payer les étrangers, ajoutai-je.

— C'est vider la coupe jusqu'à la lie, murmura-t-il.

Il ne fut pas, du reste, le seul à souffrir de cette humiliation nationale. Bien d'autres, dans les rangs du gouvernement, en gémirent aussi. Cette action cruelle, vile nous ravala au rang d'une horde de sauvages, de barbares.

Elle reste la tache ineffaçable.

IV

GUILLAUME MANIGAT.
FRANÇOIS MANIGAT.

La colonie haïtienne à Paris a été rudement frappée dans ces derniers temps : à peu de mois d'intervalle, nous avons perdu les deux Manigat. Nous avons perdu aussi Delorme.

Guillaume Manïgat était un véritable lettré. Il avait la passion et le goût des choses de l'esprit. A Paris, il s'y consacra tout entier. Chaque fois que j'allais au Théâtre-Français, je le rencontrais, fidèle, assidu, à son fauteuil d'orchestre. Dans sa chambre de l'avenue de Wagram, il vivait en bénédictin, ne sortant presque pas, plongé dans ses livres, n'ayant pour délassement que sa songerie rêveuse, flânant dans le mouvement de la rue, la vitre close...

Je l'avais beaucoup connu, sous Salomon, à la Chambre des députés, où nous fûmes collègues, plutôt collègues adversaires — j'entends de lutte toujours courtoise et de bonne compagnie. Plus tard, on s'entendit sur la nécessité de la réforme du contrat de la Banque avec le gouvernement. On combattit ensemble, côte à côte. Il y montra une grande ardeur, prit part à toutes nos délibérations, vécut de nos espoirs. Il signa l'ordre du jour déclarant le ministère déchu de la confiance nationale. Cet ordre du jour, on le sait, ne fut pas lu : il resta en poche. On reculait, non pas pour mieux sauter, mais pour ne pas sauter du tout... La conduite de Guillaume Manigat fut nette. En de véhémentes déclarations, il soutint, sans broncher, ses convictions jusqu'à la fin.

Plus tard, on se perdit de vue. Chacun tira de son côté. Les longues, les solitaires années de l'exil le prirent, l'enveloppèrent dans la fortune de son cousin... Celui-ci devenu notre ministre à Paris, j'y trouvai Guillaume Manigat. Il était toujours droit, mince dans sa redingote noire, la barbe en léger éventail, les cheveux, dégarnis aux tempes, très grisonnants. Le demi-sourire aux coins des lèvres — sourire d'homme du monde affable à tous; commode, à l'occasion, pour ne pas se livrer à tous — errait sur sa face. On se vit alors souvent. Il vint chez moi. On conversa d'art, de littérature, de politique. Quand je lui soutenais trop vivement des théories qui l'effarouchaient, des idées qui lui semblaient contestables sur les hommes, les événements de notre pays, il murmurait d'abord, comme en un reproche amical : Collègue! collègue! Et, reprenant la file de mes arguments, il les réfutait patiemment, longuement. Nous n'étions pas souvent d'accord, mais on aimait quand même à causer, à chercher le pourquoi des choses. Et je dois dire que son aimable esprit, ouvert et mûri par l'exil, avait acquis une ampleur, une tolérance absolument remarquables.

Un affreux matin de février, broussailleux et gluant, on vint m'annoncer sa mort... Il était souffrant déjà depuis quelque temps. Je l'avais trouvé la quinzaine d'avant au coin de la cheminée flambante, pâle sous ses lourdes couvertures. Nous discourûmes encore ce jour-là ; et ce fut une tristesse. Il se sentait atteint : il le disait, on le voyait.

— Partez donc, lui conseillai-je, l'hiver ne vous vaut guère.

— Ce n'est pas l'hiver, collègue... Une main de glace, autrement puissante, m'étreint le corps, le cœur... Je vais partir, en effet, pour bien loin...

Je ne le revis plus, car moi-même, le lendemain, je pris à mon tour le lit. A peine convalescent le jour de sa mort, je ne pus même pas suivre son convoi. On m'a dit qu'un beau discours fut prononcé sur son cercueil par M. W. Bellegarde.

Quelques mois après, le train du soir du Havre, celui-là même que prennent généralement nos compatriotes arrivant d'Haïti par la ligne des Antilles, entrait en gare. A la portière de mon wagon, car je revenais aussi du Havre, j'appris la mort du général François Manigat : les deux cousins n'avaient pas mis un bien long intervalle à se rejoindre. Bien que cette fin fût prévue, elle produisit dans le petit monde haïtien qui était réuni là, dans cette gare, une douloureuse, une très vive émotion...

Je n'étais pas son ami politique. Ministre d'Hyppolite, j'avais eu souvent à délibérer, en conseil, sur des mesures le concernant, car, campé à Kingston, il nous faisait une violente opposition. Un moment même, le nombre des exilés massés dans cette ville fit appréhender une descente possible sur nos côtes. On se tenait donc prêt à toute éventualité. Vous vous dites bien qu'avec un homme comme Hyppolite les mesures étaient deux fois prises plutôt qu'une... Or, quand il vint à Paris en sa qualité de ministre, je ne pensai ni à l'éviter, ni à le rechercher. C'était à lui à savoir ce qu'il avait à faire. Il vint à moi à l'enterrement d'un compatriote : à

Paris, c'est là, aux enterrements, que l'on se rencontre le plus fréquemment, dans la solidarité du deuil et des larmes. Il me pressa la main cordialement : — Le lâcheur ! me dit-il. Il faisait sans doute allusion à une invitation à ne je sais quelle réception à la Légation, de laquelle je m'étais excusé. En tout cas, la glace était rompue. Il m'offrit une place dans sa voiture, en compagnie d'un de ses amis, et, après le cimetière, me ramena chez moi. Depuis, nous nous revîmes souvent. Il venait fréquemment me voir. J'allais chez lui ; et souvent, remontant l'avenue de Wagram pour aller prendre mon habituelle *La Muette-Taitbout* et descendre dans Paris, j'entendais au-dessus de moi sa fenêtre s'ouvrir. Il se penchait au dehors et m'appelait. C'était surtout au dernier temps, quand la maladie le forçait à garder la maison.

Il savait qu'il n'était pas *mon homme*. C'est une expression nationale très juste. Elle dit bien ce qu'il y a dans nos préférences d'intérêt personnel, de peu de chose, en définitive, se rapportant à la patrie. Dans un écrit public, je l'avais déclaré. Je le lui avais répété plusieurs fois à lui-même. Il s'en étonnait et voulait bien me faire l'amitié d'en être affligé.

— Pourquoi ? me demandait-il.

— C'est que votre gouvernement sera un gouvernement essentiellement... militaire. Je n'ai plus ni vingt ni trente ans. Je ne puis pas contribuer à édifier de tels régimes. Je ne puis que me résigner à les subir...

— Vous avez un candidat ?

— Dieu m'en garde !

Je suis convaincu que si le général Manigat avait vécu, il serait arrivé indubitablement à la Présidence. On contestera cela maintenant que l'homme n'est plus. La dénégation n'enlèvera rien à ma conviction. Par exemple, ce que serait son gouvernement, je n'en sais rien. Fidèle à ses amis, on ne peut pas savoir s'il ne garderait pas la même fidélité à ses ennemis. Ne se plaisait-on pas, au surplus, à entretenir ce dernier sentiment autour de lui comme un atout dans son jeu? Le calcul était peut-être humain... En tout cas, derrière le bataillon serré de ses fidèles sincèrement, résolument attachés à sa fortune, nombre de gens emboîtaient le pas simplement parce qu'il leur paraissait imprudent de se tenir à l'écart... Mon Dieu! à certains moments, cela fait, dans notre histoire, un appoint décisif.

Le général Manigat n'était pas riche. Parfois, il se débattait dans les plus étroites difficultés matérielles de l'existence. Je reçus une fois, — deux ou trois mois avant sa mort, — un billet où, souffrant et ne pouvant sortir, il me priait de passer chez lui. Si je raconte ce fait, bien qu'il soit d'ordre tout à fait intime, c'est qu'il est à son honneur, c'est qu'il est surtout la preuve d'une grande délicatesse..... Ce n'est pas d'avoir payé sa dette que je le loue, on le comprend bien, c'est du sentiment qui l'a guidé... Déjà, il avait presque toute l'épaule droite paralysée.

— Mon cher, me dit-il, je sais vos efforts pour vous maintenir ici. Pourtant, j'ai recours à vous comme à un ami... Dégagez-moi d'une situation qui augmente mon mal physique.

— Combien vous faut-il?

— Trois mille francs.

— Je vous les apporterai cet après-midi.

Quand je les lui remis, le soir, il me prit les mains et me dit :

— Merci. Vous ne les perdrez pas, je vous l'affirme.

— Ne vous préoccupez pas de cela..... Bah! je ferai ces jours-ci une opération de Bourse qui m'en donnera autant.

— Non, non, vous ne les perdrez pas..... Songez donc! C'est à l'ami que vous prêtez, non au chef de parti... Si je meurs, je mettrai dans mes dernières volontés qu'on vous les rende, et on vous les rendra.

— Qui parle de mourir?... Vous allez vous rétablir sous peu.

Il sourit et tortilla lentement sa barbiche de la main gauche, la droite n'agissant presque plus.

— Mon cher, Mazarin, agonisant, se

levait la nuit pour aller pleurer devant ses collections qu'il était forcé de quitter... J'ai plus de force d'âme que Mazarin, croyez-le... Il y a longtemps que j'ai dit adieu à toutes mes espérances...

En effet, durant son lent étiolement, ayant pleine conscience de tout ce qu'il perdait, de tout ce qu'il laissait, jamais personne ne montra plus de résolution sereine, ni plus de philosophie.

Nous nous serrâmes la main en silence..

Le jour de ses funérailles, M. M... s'approcha de moi et me dit :

— J'ai une commission du général pour vous. Je passerai chez vous.

— Quand vous voudrez, lui répondis-je.

J'étais à cent lieues de supposer qu'il s'agissait de mon prêt. Deux mois après, mon interlocuteur se présenta chez moi et me remit les trois mille francs : le général Manigat, selon sa promesse, avait chargé son ami de me rembourser sur les premiers fonds qui rentreraient pour son compte. Sur la carte de l'ami, je traçai ces mots :

« M. M... a rempli les intentions du général Manigat à mon égard. »

Ce simple trait peint l'homme privé : il était l'esclave de sa parole. Il ne voulait pas qu'au delà de la tombe, on pût le soupçonner d'y avoir manqué. Nos relations furent ainsi toujours cordiales, sincères. Bien souvent, je mis une certaine insistance à le taquiner, à l'obliger à s'expliquer sur des questions brûlantes que son nom, que son passé soulevait. A chaque fois, il fut net, précis, sans faux-fuyant : il était entier et catégorique. On n'a pas idée de ce que ce petit corps renfermait de volonté, d'autorité. C'était l'absolu en chair et en os..... On m'a raconté qu'en exil il fut invité, par un groupe de dissidents à assister, à une de leurs réunions. Il demanda tout de suite : A quel titre ?... Comme chef ? — C'était là tout l'homme. Mais il atténuait, il corrigeait ce côté de sa nature en affirmant que son gouvernement ne serait autoritaire que pour le progrès, que pour la civilisation de son pays. Il rêvait de clore chez nous l'ère des despotes ignorants par le triomphe violent du bien sur le mal. Rien ne lui semblait trop cher pour atteindre ce but. Les plus grands sacrifices ne l'auraient sans doute pas effrayé, s'il les eût crus indispensables à sceller nos nouvelles destinées..... Le malheur est que, dans cette voie, on risque de s'égarer, de prendre ce qui n'est, en somme, que la satisfaction de ses propres passions pour celle du bonheur public. Aussi, faut-il excuser quelque peu ceux sur qui l'expérience doit s'accomplir s'ils hésitent, et se troublent, et se montrent parfois rebelles aux effets de cette sorte de grâce patriotique.....

Je viens de dire que le général Manigat était l'esclave de sa parole. Je m'aperçois qu'on peut prendre cette phrase et la dresser en face d'un événement de sa carrière militaire, événement sanglant qui alimenta longtemps la polémique des partis. Je ne veux pas faire ici de politique militante. Je ne veux que rappeler le souvenir d'un compatriote, d'un ami mort en pleine espérance, en pleine vaillance, loin de la terre natale. Je n'ai jamais, du reste, voulu aborder ce sujet, avec lui. Etait-ce dans le sentiment de ne pas le forcer à s'expliquer, à se justifier, à se rapetisser peut-être? J'épargnerai ces postures-là à quiconque, car rien de moins intéressant qu'un homme politique obligé d'ergoter, de chicaner. Tous nos actes doivent être clairs. Et c'est un malheur, surtout pour ceux où il y a du sang, quand ils ne le sont pas assez..... N'était-ce pas plutôt que je jugeais inutile une revendication positive, complète de l'acte? Ces revendications-là, cette bravoure farouche étaient dans la nature de François Manigat. Et comme je l'ai vu bien calme devant sa propre mort, la regardant venir sans forfanterie comme sans faiblesse, j'ai pensé que ces comptes-là il était prêt à les régler ailleurs.

Le matin même des funérailles, vers les dix heures, M. L.-J. Marcelin, chargé de la Légation d'Haïti, me fit prier de prononcer, à titre d'ami, quelques paroles sur le cercueil du général : mon intelligent et distingué homonyme devait, de son côté, parler de sa carrière politique et diplomatique. J'y consentis volontiers et m'exprimai ainsi :

MESDAMES, MESSIEURS,

C'est mourir deux fois que mourir loin de son pays et de ses affections. Et il a raison le merveilleux écrivain qui affirme que l'on ne meurt bien qu'au village.

S'éteindre même en France, patrie de ceux qui n'en ont plus, patrie de toutes les clartés et de tous les nobles sentiments, quelle tristesse, quel deuil, puisqu'il nous manque les coins aimés, familiers, les horizons qui peu à peu façonnèrent notre âme !

Pourtant, dans ce pire destin, il y a peut-être une compensation... C'est la pitié émue, douloureuse, qu'on ne marchande pas au disparu.. Cette pitié qui, après s'être arrêtée sur ces deux jeunes filles si cruellement frappées, traverse les mers et porte là-bas un hommage attendri aux orphelins et à la veuve.

Nul ne peut rester insensible en face de ce drame où des cœurs de femmes et d'enfants sont déchirés et broyés. Comment l'être, au surplus, quand, se reportant sur soi, nous songeons que ce destin peut nous échoir demain, à nous qui sommes loin du sol natal ? Car c'est oser encore que de croire nos projets bâtis même sur le sable...

Hélas ! celui qui n'est plus a connu, comme nous tous, la mêlée meurtrière des partis. La politique, en notre pays surtout, n'est qu'une clameur confuse, une mer où, à défaut de naufrage, on navigue toujours dans la tempête et l'ouragan.

Ce cercueil, du moins, a le triste bonheur, grâce à cette fin prématurée sur la terre étrangère, de nous associer, sans distinction d'opinions, dans une commune douleur.

Tous, nous nous inclinons respectueusement devant cette famille en deuil. Tous, nous nous inclinons devant la dépouille de l'homme qui fut le représentant de notre pays en France. Tous, nous nous inclinons devant le drapeau d'Haïti que, il convient de le proclamer, le général Manigat portait à l'étranger d'une main intelligente et ferme !

Je suis sincère. Je trouve que c'est un mauvais destin — quand on pouvait mourir sous les coteaux ensoleillés d'Eden-Villa, propriété de François Manigat — de s'en aller de la vie en n'ayant sous les yeux que les jaunes marronniers de l'avenue de Wagram... Et puis, très certainement, selon la parole de Renan, on ne meurt bien qu'au village, c'est-à-dire dans sa petite patrie, son petit bout de terre, là où l'on est connu, là où les pierres peuvent conter notre histoire, là où notre image s'est souvent promenée dans la poussière des chemins aux soirs des beaux clairs de lune... Les grandes villes, c'est le caravansérail qui ne retient rien du voyageur. Au départ de la mort, on n'y est point salué par le mot ami venu du cœur, qui dit que c'est une portion de nous mêmes, de nos habitudes, de notre propre humanité qui s'en va... C'est à quoi pensait le philosophe... Sa parole est vraie... Et, par rapport aux affections, aux relations que nous entretenons ensemble, de ville à ville, à nos façons de vivre encore patriarcales, à nos épousailles bruyantes du malheur des autres, nous pouvons considérer tout l'ensemble de notre petit pays comme un immense village... Il est douloureux de mourir loin de lui.

V

D. DELORME.

Ce nom évoque sous ma plume de vifs souvenirs. C'est toute ma jeunesse, tout mon enthousiasme de la vingtième année qui revient... Inutile, cependant, de chercher à fixer cette image lointaine. Cela me rendrait plus triste que je ne le suis déjà par ces froides journées d'un mai sans soleil...

Depuis plusieurs mois, Delorme n'était plus que l'ombre de lui-même. Il se traînait. Les chagrins, la fin malheureuse de sa femme, morte, jetée en mer sous ses yeux, la maladie, la vieillesse en avaient fait quelque chose qui gardait bien, aux yeux du monde, le nom de Delorme, mais qui ne rappelait plus le penseur, le styliste, l'orateur tant applaudi naguère. Rien de plus triste qu'une ruine d'homme. Les dieux auraient dû accorder aux intellectuels la grâce de conserver la vigueur de leur esprit toujours intacte et aussi quelque peu de leur vigueur physique. Delorme n'avait pas eu cette grâce. Il passait par les rues bien bas, bien las, bien faible. Sa glorieuse intelligence, cessant de procréer, n'avait guère de force que pour les citations de ses classiques favoris. Il avait adoré les Grecs, les Latins les plus difficiles, Perse, qu'il se piquait de lire aisément. Jadis, il avait la coquetterie, au milieu des plus grands événements, de leur demander de rafraîchir son âme, de lui faire une oasis loin de la bataille. Ministre de Salnave et chef du gouvernement, tandis que l'émeute grondait sous ses fenêtres, je l'ai trouvé un soir tranquillement plongé dans le merveilleux quatrième livre du *De natura rerum*. Parmi les modernes, toutes ses préférences allaient à Racine. C'était lui, le poète des tendresses, le poète de l'amour, qu'il évoquait le plus complaisamment dans ses derniers temps. Sur le monument démeublé qu'était devenu son admirable cerveau, le mieux doué qu'ait possédé notre pays, il drapait, dans un visible effort, les somptuosités du chantre de *Phèdre*...

Quand il habitait Bruxelles, après avoir quitté Berlin, il m'écrivait assez souvent. Il m'y envoya, dédicacé, son dernier livre : *Les Petits.— La Hollande*. Je ne sais comment cela se fit (une occupation urgente, une préoccupation matérielle, que sais-je ?) je restai quelques jours sans le remercier. Tout de suite il s'inquiéta :

« Avez-vous eu le temps de lire mes *Petits* ?

« Vous paraissent-ils trop petits ?

« Votre nom était hier sous ma plume dans un travail que je vais publier avant ceux que j'ai annoncés à la fin de ma *Hollande*. Quand vous me répondrez, faites-moi l'amitié d'écrire aussi distinctement que possible pour que mes mauvais yeux, que vous connaissez, puissent vous lire sans difficulté. »

En effet, ses yeux avaient beaucoup baissé : il est vrai que mon écriture, presque illisible, le devenait de plus en plus avec les ans. Je m'empressai de le rassurer. J'avais lu les *Petits* et je lui en faisais tous mes compliments. Dans la lettre, que je fis volontiers très longue, je lui rappelai que c'était lui qui, vers ma quinzième année, par ses études dans l'*Opinion nationale*, sur nos poètes, nos écrivains : Milscent, Coriolan Ardouin, Ignace Nau, Boisrond-Tonnerre, d'autres encore, avait fait naître en moi le goût de notre littérature. Dans une prose inspirée, enflammée, il développait, à cette époque, chaque semaine, les plus belles théories de l'art, de son rôle dans le monde, de son influence sur les peuples... Il montrait les tyrans réfractaires, par intérêt, à cette influence... Ah ! ces études, pourquoi ne les a-t-il pas réunies en volume ! Il a dédaigné le plus riche joyau de son écrin. Je pourrai dire presque la même chose de ce curieux *Bulletin de la Révolution*, de ces pages qu'il jetait durant le siège du Cap, au jour le jour, comme autant de boulets rouges dans le camp ennemi. Elles méritaient de survivre! Je lui rappelai que ce fut après avoir lu une de ces études-là où, à propos de je ne sais lequel de nos littérateurs, il avait fait une éloquente satire des gouvernements qui opprimaient la pensée, que je lui adressai une lettre enthousiaste. Il envoya l'épître à l'*Opinion nationale* où elle fut imprimée. Je ne l'avais signée que d'un X. On ne tarda pourtant pas à savoir qu'elle était de moi. Ce n'était pas difficile, car, flatté, je m'empressai moi-même de déchirer mon incognito. Le résultat ne se fit pas attendre. Le lendemain j'étais incorporé dans les tirailleurs. C'est ainsi que sous Geffrard — cela n'a pas, je crois, changé depuis — on comprenait la liberté de la Presse.

« Vous n'avez pas su cet épilogue, continuai-je. D'abord, je ne crois pas vous l'avoir jamais raconté. Ensuite, peu de jours après, vous proclamiez la Révolution au Cap. Toutes communications cessaient forcément entre cette ville et Port-au-Prince. La lutte fut longue, l'exil encore plus long... Quand vous fûtes rentré, et au pouvoir, ce n'était plus le temps de vous en parler. Il n'en est pas moins vrai que c'est par la littérature que je connus les douceurs du régime militaire. »

Il me répondit :

« Votre lettre, mon cher ami, me rappelle des temps où je n'avais pas encore les ennemis qui m'ont tant tourmenté, torturé. Vous avez souffert pour moi en ces temps-là. Je l'avais oublié. Excusez-moi : mes jours ont été si agités ! Je vous remercie de me l'avoir rappelé. C'est un nouveau lien entre nous. La sympathie, le goût des lettres, nous unissaient déjà depuis longtemps. Cette confraternité, qui se fortifie ainsi en moi, me donne la meilleure des impressions.

« Merci pour tout ce que vous me dites

d'affectueux. Restons toujours amis. C'est là une bonne chose au milieu des misères de la vie. »

Le jour de Noël, le 25 décembre 1901, on sonna le matin à sept heures à ma porte : on venait m'apprendre que Delorme était mort vers les trois heures. Il s'était éteint sans souffrance. Il avait plutôt fini de s'éteindre. Sur son lit, il reposait calme, souriant, apaisé. Les creux profonds de son masque s'étaient emplis subitement dans le bienfaisant dernier sommeil. Sa beauté intellectuelle semblait revivre sans obstacle. C'était elle, cette beauté, qui parlait, qui triomphait dans la mort. Je retrouvai enfin le Delorme qui m'avait charmé, séduit, conquis, le Delorme qui avait charmé, séduit, conquis la jeunesse de mon époque. Je ne pleurai pas. Je n'avais à pas pleurer, puisque j'eus à cette minute l'illusion complète du rêve cher à mon passé... Non, je ne regrettai pas le Delorme se survivant à lui-même... Je bénis, au contraire, le miracle de la mort qui ornait, à mes yeux reconnaissants, et pour quelques heures, ce front glacé de toutes les splendeurs qui l'habitèrent jadis...

Sous le porche de Saint-Ferdinand-des-Ternes, le ministre d'Haïti, M. A. Firmin, parla. Il traça à grands traits la vie du mort. Il mit en relief la passion, le culte de l'art dont il fut, en notre pays, la brillante, l'originale incarnation. Dans un grand bonheur d'expression, avec une richesse de pensées heureuses et justes, il interpréta noblement le sentiment de cette perte. Je n'ai vu nulle part reproduire cette page. Je le regrette. Elle est un beau tribut d'admiration payé à Delorme. Nous étions peu à l'écouter, à peine une trentaine... Un mois après, lui aussi conduisait à Saint-Augustin le deuil de sa fille... Je vous dis que depuis quelque temps notre colonie haïtienne est durement éprouvée.

Dors, Delorme, dors, mon illustre ami. Tu tins toute une génération suspendue à ta pensée, à ta voix, dans le livre, à la tribune, dans la presse. Sous notre ciel, tu parlas, à t'en croire son frère jumeau, la prose harmonieuse de Lamartine. Avant l'aboutissant final, tu connus, ce qui est juste, la souffrance, la détresse, l'exil, la douleur d'être longtemps méconnu des tiens. L'étude fut ta consolatrice : c'en est une vaillante vraiment puisqu'elle t'a consolé de tout... Ainsi rêvant au Colisée, tu écrivis *Francesca*... Sous les pâles statues du Luxembourg, tu méditas les *Théoriciens au pouvoir*, *La misère au sein des richesses*... Dors, mon illustre ami... Quand ton cercueil retournera au pays, j'espère qu'il y aura peut-être un peu plus de trente personnes derrière lui. Toutefois, je n'en suis pas sûr. Tu n'as été, en somme, qu'un roi du cerveau.

VI

DANTÈS-DUJOUR.

Telle une grande ville, le cerveau de l'homme mûr a sa nécropole. C'est le dépôt des noms, des souvenirs funèbres où l'on n'a qu'à frapper pour qu'instantanément l'événement, l'individu évoqué apparaisse.... Je viens de recommencer l'opération, car ce n'est que cela que je fais depuis le commencement de ces pages... Tout de suite l'image de Dantès-Dujour m'est apparue.

Ce fut une grosse douleur pour moi en apprenant sa mort. Rien ne me préparait à cette fin soudaine. Je le croyais promis au plus brillant avenir. Cet avenir, j'avais essayé de le lui ouvrir en appelant, à la dernière période du ministère auquel j'avais appartenu et quand notre succession était ouverte, l'attention du président de la République sur lui et sur un autre de mes amis, Alexandre Lilavois. Je n'avais pas réussi. C'était cependant à bon escient que je les recommandais. Jamais je n'ai vu plus d'intelligence, de conscience au service du bien public. Le sentiment du devoir, cette chose rare, leur était commun. Mais le caractère était différent chez eux... Et l'un, celui qui reste, était une barre d'acier. Il ne pliait pas. Les concessions l'étonnaient. Il les regardait comme autant d'outrages à la vérité.

Une longue, une familière correspondance s'était établie entre Dantès-Dujour et moi. On a dû trouver dans ses papiers mes nombreuses lettres traitant des sujets les plus variés, car on abordait tout, on discutait tout avec la plus sincère, la plus entière franchise... Je feuillette cette liasse que le temps n'a pas encore jaunie, mais où l'éternité hélas ! a posé sa griffe... Chaque page, chaque mot, chaque signe de cette écriture me crie : C'est fini. Elle est à jamais glacée, immobile, la main qui traçait cela !... Au hasard, je relis cette lettre :

Mon cher ami,

J'ai reçu votre lettre du 2 avril, à laquelle je n'ai pas pu répondre par le dernier Royal Mail. C'est que je n'ai pas le temps de souffler avec la maladie de....., la prochaine réunion des Chambres et l'obligation qui m'est imposée de préparer quelques projets à l'aide desquels on pense pouvoir mater l'affreuse situation dont, de loin, vous devez aussi sentir les étreintes.

J'ai, pour ainsi dire, les deux départements sur le dos. Je travaille absolument comme un nègre...... Aussi bien, mon cher ami, il ne faudrait pas trop juger de mon état de santé par la bonne mine de ma photographie : le photographe ou son appareil est flatteur ; l'apparence est trompeuse, et je suis trop affreusement écœuré, trop désabusé ; l'on a été trop et trop souvent injuste envers moi ; je suis, enfin, trop malade moralement pour jouir physiquement d'une santé digne d'envie... Et vous, ne pensez-vous pas que vous seriez guéri de vos névralgies, si vous faisiez un voyage au pays natal pour revoir les amis.

A la réception de votre dernier ouvrage — *Une Evolution nécessaire* — je ne vous ai pas écrit précisément parce que j'avais l'intention de trop vous écrire. Cette fois, nous ne sommes pas d'accord, et j'espère que vous n'en serez aucunement contrarié.

Je vous ai écrit, je ne me rappelle plus à quel propos, que ce qui fait notre malheur et ce qui causera notre anéantissement, c'est que nous ne nous respectons pas assez. Nous pouvons nous relever à l'aide de nos propres forces, avec nos seuls moyens ; mais il faut que nous dépouillions le vieil homme ; il faut que nous changions nos mœurs, en commençant par aider à l'ascension des meilleurs d'entre nous, au lieu de les poursuivre de notre haine, de les couvrir d'infamies, de les lapider comme on lapida le Christ. Quand l'étranger verra que nous avons le culte de nous-mêmes, il saura nous respecter chez nous, et nous aurons d'autant moins à craindre d'avoir maille à partir avec lui que, étant habitués à nous honorer mutuellement, à être justes envers nous-mêmes, nous ne serons pas portés, par une sorte d'inclination naturelle, à commettre vis-à-vis de lui aucune de ces iniquités qui nous ont valu tant de déboires et d'humiliations. Si nous ne subissons pas cette métamorphose morale, si nous continuons notre petit travail de mine les uns contre les autres ; si nous dédaignons de nous ressaisir, eh bien ! ni un aiguillage vers les Etats-Unis d'Amérique ou vers toute autre puissance, ou l'abolition de tous les articles 6 de toutes les Constitutions n'y pourront rien. Je me trompe, ils y pourront quelque chose : accélérer ce travail de décomposition sociale déjà assez avancé ; hâter notre anéantissement comme unité autonome.

Mais je vous avais dit que je n'entendais nullement m'appesantir sur les conclusions de votre livre. Je veux, toutefois, vous poser une question. Là, sérieusement, pensez-vous que nous en ayons réellement fini avec l'ère des troubles intérieurs, pour employer une expression triviale, mais qui rend parfaitement ma pensée ? Si non, ne voyez-vous pas à quoi nous nous exposons vis-à-vis des Etats dont les nationaux auraient établi chez nous, à la faveur de l'abolition de l'article 6, une industrie ou une plantation quelconque, et qui auraient à souffrir de nos bêtises ? Poser la question, c'est la résoudre. Je sais bien que vous ne partagez pas mon pessimisme et que vous pouvez invoquer ce qui s'est passé au commencement de 1896. Mais, à supposer que le fait soit aussi concluant qu'on l'a dit assez souvent, n'est-ce pas plutôt une raison pour ne rien hâter et pour attendre qu'il s'affirme davantage avant d'en faire un des étais d'une réforme aussi considérable que celle que suppose l'abolition de cet article 6 ? Vous voyez que je n'ai regardé la chose que par un de ses plus minuscules côtés. Bref, nous aurons l'occasion d'en parler longuement et sérieusement, soit à votre retour au pays ou à Paris, si, pour une fois, mes projets ne coulent pas à fond.

Nos *frères* de l'Est, comme vous les appelez, sont toujours hargneux, exigeants. Il y a, ce me semble, certains peuples avec lesquels on ne doit pas se servir des ficelles usées de la diplomatie. Il leur faut quelque chose de plus consistant, et je partage la crainte sur laquelle vous fermez votre trop courte lettre, si nous ne nous décidons pas à trancher autrement le nœud gordien, espèce de *barbouquette* que la diplomatie *pangnole* nous a mis autour... de tout le corps et qu'elle serre sournoisement jusqu'à nous faire rendre l'âme... Ne soyez pas si avare de votre prose.

Et cette autre :

Depuis après la publication de votre livre *Une Evolution nécessaire*, je n'ai pas eu de vos nouvelles. Je me rappelle n'avoir pas adopté absolument vos conclusions et vous l'avoir dit; et j'ajoutais même que si je voyageais pour voir l'Exposition nous reviendrions sur la question.

Or, si je ne vous connaissais un esprit large, acceptant la critique et la recherchant même parfois, j'aurais pensé que vous m'en avez voulu pour cette divergence d'opinion.

Toujours est-il que votre silence me surprend et je ne suis que trop heureux de vous fournir l'occasion de le rompre.

Je viens de publier un livre sur l'Impôt sur l'alcool en Haïti, dont je vous envoie un exemplaire. Ce livre est en quelque sorte le fils des œuvres de votre projet. Aussi bien, sans ce projet, comme je l'ai dit, je ne l'aurais pas écrit et me serais borné à faire connaître mes idées sur cette matière sous une forme plus modeste. Mais je n'ai pas pu m'empêcher de dire franchement ce que je pense de ce projet. Vous l'avez fait trop hâtivement, comme je crois vous l'avoir dit dans le temps, et il a le défaut de ressembler à tout ce qui a été tenté dans cet ordre d'idées depuis notre indépendance nationale. Il n'y a, d'ailleurs, rien de bien étonnant à cela. C'est, vous le savez, l'impôt le plus difficile à établir.

Bref, vous êtes un de ceux dont je tiens le plus à connaître l'opinion sur cet ouvrage. Il ne s'agit pas d'une question purement spéculative. Je crois sincèrement que, sur le terrain où je me place, il y a quelque chose à faire... Enfin, donnez-moi votre opinion franchement, sans arrière-pensée, comme nous avons jusqu'ici l'habitude de le faire l'un à l'égard de l'autre.

On voit quel était le ton de notre correspondance. C'était la plus complète liberté d'appréciation de part et d'autre... Mieux que personne, Dujour savait à quoi s'en tenir sur mon compte. Et quand il affectait de croire que je n'avais pas répondu à sa lettre par mécontentement de ses réserves contre un de mes ouvrages, il savait que cela n'était pas exact. Il savait que je ne pouvais être fâché contre lui. Je ne pouvais, par nature, éprouver de déplaisir contre aucune critique. Ce n'était qu'un reproche amical exprimé sous une forme qu'il sentait devoir m'être très sensible. Particulièrement pour cet article 6, je n'espérais guère réunir les suffrages de mes concitoyens puisque depuis si longtemps son maintien ou sa radiation divise nos meilleurs esprits. Mais bien des causes, un certain accablement moral qui me prend maintenant de temps en temps, la maladie, m'avaient fait négliger ma correspondance...

Dujour avait une étonnante facilité de rédaction. Il écrivait vite. Il écrivait bien. Il était, rien que sous ce rapport, d'un précieux secours au département du commerce dont il était depuis longtemps le chef de division. Sa correspondance correcte échappait généralement à la banalité qui est de convention au style administratif... Je l'avais connu à la commission de revision de nos tarifs de douane. Il y représentait le ministre des finances et, je dois ajouter, avec une compétence absolument remarquable. Quand je pris les rênes du Département je lui témoignai la plus entière confiance. Il en était digne. Et la plus grande preuve qu'il put m'en donner fut de me dire toujours franchement son opinion. Très souvent, nous étions en désaccord. Des mesures, relevant de son propre service, ne lui semblaient pas opportunes. Il me représenta notamment les ennuis que me créeraient personnellement la décision ministérielle sur les factures consulaires et celle sur le poids minimum des sacs de café à l'embarquement. Adoptées, il les soutint avec vigueur comme c'était son devoir. Une fois, devant la violence des réclamations, seul avec moi dans mon bureau, il ne put pourtant réprimer un regret de n'avoir pas été écouté.

— S'ensuit-il, mon ami, lui demandai-je, que ces mesures soient injustes et, de plus, malhabiles à réprimer la fraude ?

— Non, secrétaire d'État, me répondit-il. Elles sont pires : elles sont impopulaires.

Il avait peut-être raison.

Toutes ces qualités, tout cet ensemble, tout ce long stage dans l'administration, toute cette jeunesse — je crois qu'il ne devait guère dépasser la trentaine — constituaient pour le pays une excellente espérance. Il y avait certainement en lui l'étoffe d'un ministre destiné, dès qu'il y serait entré, à revenir plusieurs fois aux affaires, à faire partie de nombreuses combinaisons. On ne compte pas toujours avec l'intelligence. On est forcé parfois de compter avec l'expérience quand le hasard la met en lumière. Telles que les nécessités de la politique président à la formation de nos ministères, un homme de carrière comme Dantès-Dujour pouvait légitimement compter sur son intelligence intacte, ouverte, déliée, renforcée plutôt qu'amoindrie par la bureaucratie, pour s'élever aux hauts sommets : pour des collègues novices, non rompus aux rouages, il aurait représenté avantageusement la filière et la tradition. C'était là son moindre titre aux faveurs de la fortune. Ce titre, cependant, n'était pas à dédaigner. A moins pourtant que précisément cette aptitude, ce mérite incontestable, cette spécialité habile que ses chefs se plaisaient à lui reconnaître ne l'eussent rivé à jamais à sa modeste charge de chef de division.

De mon cerveau, de cette exhumation funèbre du souvenir, d'autres images s'ajoutent à celle de Dantès-Dujour... Voilà Thoby, voilà Plésance, voilà D. Pouilh, voilà tant d'autres encore partis de là-bas dans un court intervalle... Thoby fut un brillant polémiste : nul n'égala sa dialectique mordante, acérée. Il fut passionné de discussions, de raisonnements. Comme homme politique, il créa le *cannalisme*, qui scinda le parti libéral. Fut-ce une conception heureuse? Ne fut-il que le metteur en scène de la force des choses? Je n'ai pas qualité pour le rechercher. Toutefois le parti national en bénéficia : voilà le fait. De ce fait naquit pour Thoby un profond ressentiment de ses anciens amis politiques. Cela, peut-être, contraria l'essor de sa haute intelligence. Il eut une existence ballottée, agitée. Il aimait, dit-on, cette fièvre, comme certains marins aiment la tempête... En tout cas, il fut un parlementaire qui réclamait la liberté pour lui et la laissait aux autres... Il n'a, en ce sens, malheureusement pas fait école chez nous.

Plésance, D. Pouilh se signalèrent par leurs vertus publiques et privées. Leur vie uniforme et digne peut être offerte en exemple à la jeunesse. Plésance eut, de plus, cette originalité de s'être évadé du pouvoir, quand, d'usage, on s'y cramponne... Au milieu des cris discordants soulevés par *Thémistocle — Epaminondas Labasterre,* il fit — c'est, je crois, la dernière page qu'il ait écrite — entendre une note juste. Je lui en garde toute ma reconnaissance..... D. Pouilh s'est éteint honoré, entouré de l'estime de tous. Le brillant rédacteur du *Progrés*, de l'*Opinion nationale*, avait fait place, dans sa vieillesse alerte, à un sage doux, écouté de ses contemporains. De tous les rêves qu'avait caressés sa jeunesse, il lui restait la foi absolue, indéfiniment ajournée dans la liberté... Il la conseillait encore aux pouvoirs publics ; mais, en mémoire des leçons du passé, il évitait d'en troubler l'âme de ses concitoyens...

Il semble qu'il devrait être permis, dans un prorata équitable, aux nations pauvres en hommes d'agir comme l'avare avec son bien : de ne les dépenser que lentement, sou par sou, au contraire des nations riches qui pourraient être follement prodigues. Car, comment remplacer nos disparus, à nous ? Pensez-vous que nous les valons ? Pensez-vous que nos descendants les vaudront jamais ?

VII

ULYSSE HEUREAUX.

Un après-midi, dans mes pérégrinations à l'Exposition des Beaux-Arts, au Grand Palais, je m'arrêtai dans le vaste hall de la sculpture, devant la statue équestre d'Ulysse Heureaux... L'homme venait d'être tué — vous savez comment... Dans une petite ville de l'intérieur, un mendiant s'était approché de lui, demandant l'aumône. Tandis qu'il baissait la tête, les doigts déjà au gousset pour y prendre quelque menue monnaie, le soi-disant mendiant lui avait planté une balle au cœur. Il était tombé foudroyé. C'était le drame brutal, la mise en action du proverbe : *Morte la bête, mort le venin.* Car tout s'était écroulé — pouvoir, régime, dictature — avec lui. Des années, il avait ployé son pays sous sa main. Avant lui, les présidents dominicains ne faisaient pas leur temps légal. On les renversait à moitié ou même au quart de leur mandat. Ulysse Heureaux, une fois à la présidence, s'y était implanté. Il s'était indéfiniment fait réélire. Cette habitude qu'il avait contractée, et dont il ne voulait pas démordre, n'allait pas sans quelque résistance de la part de ses gouvernés. Ces gens avaient aussi leurs habitudes, diamétralement opposées aux siennes : elles avaient consisté, jusqu'à lui, à changer fréquemment de chefs. Heureaux supprimait les récalcitrants par la fusillade. Cette façon de procéder durait depuis longtemps. Elle semblait même devoir durer toujours, quand, enfin, on s'avisa d'employer contre lui le moyen qui lui avait réussi vis-à-vis des autres : on le supprima.

L'homme était curieux. C'était un fanfaron d'actes violents, arbitraires. Quand je dis fanfaron, je dis mal, car les actes dont il se parait n'étaient, hélas ! que trop réels...

J'ai raconté ailleurs les histoires macabres qu'il se plaisait à narrer sur lui-même... Son beau-frère, fusillé après avoir soupé avec lui ; Marchena, promené à fond de cale sur son yacht, dans tous ses déplacements... Il était simple, sans faste, sans ostentation. Son intelligence était souple, prompte à l'assimilation. On ne pouvait guère lui faire un crime de n'avoir pas de conscience, car il ignorait, il semble, ce que c'était. Il ne connut certainement jamais le souci d'avoir à dompter la sienne... Au demeurant, une splendide bête de proie, habile à toutes les ruses, rompue à tous les pièges où chasseur et gibier sont aux prises. Méprisant la vie — et la sienne et celle des autres — dur à la fatigue, audacieux, il fut un jouteur hors ligne. Les circonstances, son ambition, auraient pu le transformer quelque jour en un danger pour notre République. Heureusement qu'il était guetté par les conspirations qui, sans cesse fauchées par lui, renaissaient sous ses pas comme les têtes de l'hydre mythologique. Il n'eut pas le loisir assez assuré pour s'occuper de nous autrement que pour nous pomper de l'argent le plus possible dans l'éternelle histoire des frontières...

Je regardais la statue...

Elle était très grande, plus grande que nature, dressée sur son piédestal provisoire, drapé de gros vert. Ulysse Heureaux était en glorieux costume de général. Sa main droite étendue dans un geste paternel, pacifique, apaisait, retenait le flot populaire, recommandait le calme, la modération. La main droite, ensemble avec les rênes, tenait son jonc habituel à pomme d'or. Le cheval, finement modelé, rappelait un des beaux étalons de Neybe, célèbres dans le pays. Avec aisance et fierté, il portait le cavalier... Le monument devait être érigé à Santo-Domingo. Il venait trop tard puisque le général n'était plus... C'était bien fini... L'ébauche ne sera pas taillée dans le marbre définitif. Elle ira certainement rejoindre, avant d'avoir vécu, les fœtus de la gloire dans le néant, l'oubli. Quant au plâtre que j'avais sous les yeux, il tombera, morceau par morceau, au fond de quelque cour abandonnée, sous l'averse... Si la statue eût connu les joies de l'apothéose décernée par Ulysse Heureaux à sa propre image, son destin eût été tout aussi court, tout aussi lamentable, car, au lendemain de la chute, on l'eût trainée par les rues de Santo-Domingo jusqu'à l'Ozama : la vase du fleuve eût été son lit définitif. Gusman Blanco avait orné de ses bustes toutes les places publiques de Caracas : quand il quitta le pouvoir, on les lapida. Ceux de Domingue et de Septimus Rameau devaient monter à notre Panthéon national. Les lourds bronzes, en attendant, faisaient plier le wharf de la douane de Port-au-Prince. Dès que le président et son ministre furent tombés, on les bascula dans la mer à l'aide de crics et de leviers. Ainsi va la justice des peuples.

Je regardais la statue...

En vérité, le Destin est gamin, gamin tragique. Voilà une bonne niche qu'il jouait là à l'homme qui fut si longtemps son favori ! Tandis qu'on modelait ainsi son image dans un atelier de sculpture à Paris, il armait dans l'ombre, il guidait le bras d'un pseudo-mendiant... Et c'était dans ce geste de solidarité fraternelle, d'assistance à la pauvreté, à la détresse misérable — en faisant l'aumône — qu'Ulysse Heureaux était frappé. Il avait été dur, terrible, fusilleur. Il mourait du simple baissement de tête qui avait suivi la main fouillant dans la poche pour donner. Cet acte semblait une antithèse formelle de sa vie, de sa réputation. On ne se représente pas bien un despote assassiné dans cette posture-là. Peut-être lui était-elle familière, peut-être pratiquait-il coutumièrement l'aumône, puisqu'on a tablé là-dessus contre lui. Nous sommes si singuliers, si pleins de contradictions !... Cet homme qui débarrassait si aisément les autres du fardeau de la vie ne laissait peut-être pas passer la misère humaine sans la secourir... En tout cas, ce dernier geste paraît de drôle anomalie. La philosophie en est bizarre. Les gens pieux peuvent même en tirer quelques espérances consolantes pour l'*autre vie* d'Ulysse Heureaux... Vous vous rappelez comment les conteurs, au temps jadis, interprètes de populations foulées et pressurées par leurs despotes séculaires, s'ingéniaient à montrer leurs âmes souvent rachetées par une toute petite bonne action... Le décor ne varie guère. C'est toujours la scène du jugement dernier de chacun... L'un des plateaux de la fameuse balance, celui des actes méritoires, monte, monte sans cesse. Il est vide. L'autre, celui des actes mauvais, descend, descend... Il est si chargé ! « C'est effrayant ce qu'il descend », se dit avec angoisse le malheureux patient. Soudain, le juge met dans le premier plateau une toute minime chose, un rien : le verre d'eau donné à un misérable assoiffé, l'éventail qui chassa la mouche de la plaie d'un pauvre chien galeux... Cela a suffi... Le plateau des actes méritoires remonte, rejoint, dépasse celui des iniquités... C'est ainsi que les conteurs au moyen âge, à défaut de mieux, essayaient d'inspirer quelque vertu, quelque compassion, quelque retenue dans le mal aux puissants de cette terre... Il faut espérer que le geste de confraternité. le geste secourable, de pitié dans lequel il est mort sera compté là-haut à Ulysse Heureaux. Ici-bas, des gens évidemment trop terre-à-terre s'obstineront à penser qu'il lui a coûté la vie : s'il n'y avait pas cédé, s'il n'avait pas baissé la tête pour chercher dans son gousset, l'assassin n'aurait pas osé tirer...

Je philosophais ainsi devant la statue quand on me toucha légèrement l'épaule. C'était un de mes amis, vieux Parisien, journaliste militant :

— Ah ! vous méditez au *pays des généraux !*

— Oui, lui répondis-je, et dans le *pays des décorés !...* Regardez autour de nous. Chacun, littéralement, a son ruban ou sa rosette. Ça a été le meilleur clou de votre grande Exposition : l'espoir d'une décoration. Ne bondissez pas comme si je blasphémais. Tout est relatif. Entre Haïti et la

France démocratique, il y a un abîme, c'est vrai. Justement cet abîme grossit davantage votre épidémie de vanité... Au fond, graine d'épinards chez nous, ruban rouge chez vous, c'est la même famille, un peu la même comédie. L'engendrement est commun... Moquez-vous de la quantité de nos généraux. Laissez-nous sourire de la multitude de vos décorés. Le mérite court vos rues et vos boulevards, c'est incontestable, mais jamais il n'a été si friand de rubans et de plaques, avouez-le, que sous la République.

Mon ami rit largement et protesta qu'il n'avait pas l'envie de me fâcher... Le fait est qu'il est temps que nous ne soyons plus le pays des généraux.

VIII

. . . .

LE NOUVELLISTE.
L'EFFORT.

Je lis ceci dans le *Nouvelliste* du 1er juin 1901 :

Le 19 janvier de cette année, le général X..., commandant de la commune de..., fit inviter les citoyens X..., X..., X... Rendus à l'appel de cette autorité et, sans mot leur dire sur le motif de leur invitation, elle ordonna de faire battre le rappel, puis les fit consigner. Peu après, le général prononça ces paroles :

— Conduisez le général S... au cachot et mettez-le aux fers. Vous, notaire J. D..., allez faire son testament. — Tambours ! serrez vos caisses et battez l'assemblée générale. — Vous, caporal, allez faire creuser deux fosses au cimetière des varioleux. »

La perplexité, en ce moment suprême, était

au comble, lorsqu'un honnête citoyen, le raisonnable B..., attira l'attention du général X... sur l'inutilité des mouvements et le ridicule de ce scandale. Tout de suite, il fut escorté et envoyé trouver dans les fers celui qui écrit ces lignes, qui, jusqu'alors, était seul au cachot et aux fers.

. . . .

Dix heures sonnèrent, et les détenus dans les fers finirent par avoir la certitude d'une exécution sommaire, lorsque le chef du quartier de la Petite-Rivière, commandant le peloton d'exécution, arriva devant la prison, fit faire halte à son détachement, inspecta les fusils, distribua les balles et hêla de se presser avec la corde. — Il nous est revenu que le général lui-même enseignait à la batterie la marche du défilé, en entonnant son air. — Ici, une digression est nécessaire : C'est par une fausse idée du fonctionnarisme public en Haïti qu'une autorité se sert de son pouvoir passager pour assouvir ses passions dans le sang de ses concitoyens en tournant contre eux la force dont elle a la disposition pour protéger la société et défendre ses intérêts.

. . . .

L'un des détenus, M. S..., s'adressa au chef du peloton d'exécution et lui dit :

— Général, par ce que je vois et j'entends,

on va nous fusiller. Je voudrais vous prier de m'accorder une faveur.

— Laquelle ? répondit-il.

— A quelques pas d'où l'on fait creuser les fosses, se trouve le carré de ma mère. Auriez-vous la complaisance d'y faire creuser ma fosse ?

— Je verrai à vous satisfaire, répartit-il.

— Mais, à propos, lui dit le détenu, pouvez-vous me dire la cause pour laquelle on va nous exécuter ?

— Oh ! vous n'en savez rien ?

— Mais non, lui dit le prisonnier.

— Le général X... ne vous en pas parlé ? Eh bien ! il s'agit de placards écrits en lettres majuscules et jetés dans la ville.

Ne trouvez-vous pas cette page peu banale ? Ne donne-t-elle pas une vive idée de l'arbitraire qui pèse sur nos provinces ? Je ne cite pas, naturellement, les noms qui sont en plein dans le journal. Le général peut s'amender et devenir plus tard un soutien de l'ordre vrai, de celui qui repose sur l'équité et la loi. Il peut aussi, plus probablement, descendre à son tour au rang de victime et souffrir toutes les tortures qu'il faisait endurer aux autres. Il eut, il est vrai, l'esprit de ne pas aller jusqu'au bout de sa lugubre comédie, de laisser ses fosses sans occupants; il n'est pas sûr que demain il ait la même chance. Car c'est le propre des mesures violentes d'en entraîner d'autres, plus violentes encore...

Je vous prie de savourer la réflexion : « Ici une digression est nécessaire : C'est par une fausse idée du fonctionnarisme public en Haïti qu'une autorité, etc., etc. » Je ne connais rien de plus triste, de plus douloureusement pitoyable. C'est tout ce que l'acte suggère : *une fausse idée du fonctionnarisme public!* Je crains bien qu'à l'occasion le protestataire ne traite de même ses adversaires. Son indignation ne paraît pas solide. Elle ne paraît pas fondée sur le respect immuable de la vie humaine. Il doit tenir quelque part en réserve le principe élastique des proscripteurs : la raison d'Etat. Pour cette générale battue, pour ces trous fouillés, pour ces fers, il n'a trouvé qu'une phrase, et quelle phrase!... Non, monsieur, il n'y a ni idée, ni fausse idée, ni fonctionnarisme, ni quoi que ce soit chez l'homme qui se conduit de cette façon. Aucun de ces mots n'est de mise ici : c'est les y prostituer. La vérité est qu'on n'agit plus ainsi, même à la côte d'Afrique. Mais, je me trompe, assurément. Cette phrase, sans substance, ne signifie rien... Et l'écrivain, qui a vu fouiller sa fosse, se gardera bien de faire fouiller jamais celle de personne...

Voici encore un extrait du même *Nouvelliste* qui n'est pas moins original. La scène s'est passée à Port-au-Prince même. Il s'agit cette fois d'un procès criminel, et le journal le raconte ainsi dans son numéro du 29 octobre 1901 :

Il y a quelque temps de cela, le général X... mettait la main sur un homme autrefois à son service. C'était un voleur, paraît-il, un nommé Dokoué, qui s'était évadé de la prison où le retenait une plainte déposée contre lui. Mécontent de constater l'audace de son ancien domestique, le général X... résolut de l'exécuter et de se rendre ainsi justice à lui-même. Dès lors, le crime était prémédité. Après avoir gardé chez lui, pendant quelques heures, celui qu'il venait d'arrêter, le général X... prit, à la nuit tombante, le chemin du cimetière, réquisitionna quelques-uns de ses subalternes, fit creuser une fosse à l'endroit appelé Croix-des-Martyrs, et, à la lueur d'un boucan, exécuta sommairement son prisonnier. Voilà, très succinctement, le résumé des faits tels qu'ils s'étaient passés selon l'acte d'accusation.

. . . .

C'est Me S... qui répondit au réquisitoire du substitut, et comme il commençait son discours par les dernières paroles de son adversaire : « Vive la liberté ! A bas le despotisme ! » un incident se produisit qui mit toute la salle en mouvement. Une voix dans l'auditoire venait de clamer à son tour : « Vive le militarisme ! » Me S... entonna ensuite un long cours d'histoire d'Haïti, relatant les exécutions illégales commises sous les différents gouvernements qui se sont succédé de 1804 à 1896, et il déclara que jamais les auteurs de ces crimes n'ont été poursuivis. Après de longues digressions sans utilité et sans intérêt, égayées par d'adroites insinuations, Me S... s'attira une protestation du doyen, qui s'indigna quand l'avocat rappela certains spectacles d'une moralité douteuse, où des magistrats félicitaient un chef d'Etat d'avoir exécuté sommairement un homme trouvé dans la cour du Palais...

Le général fut acquitté. Je dois dire qu'il

semble que ce verdict fut décidé par cette considération que Dokoué était un dangereux criminel... Il faut savoir se contenter de peu, et c'est une chance relative pour la morale publique, car il aurait pu se faire que le fusillé fût un parfait honnête homme... Mais quelle scène! Ce *boucan*, ce trou creusé devant le condamné, ces hommes de police s'agitant, s'apprêtant à faire justice, sans se douter que ce qu'ils vont commettre là s'appelle d'un tout autre nom... En vérité, pourquoi ne voulez-vous pas qu'on place ces choses en lumière, qu'on projette sur elles notre soleil de midi? Peut-être qu'à force de les condamner finirait-on par avoir raison d'une méthode qui veut que l'énergie consiste à mettre aux fers, à faire fouiller des fosses le long du mur extérieur des cimetières, parfois par le condamné lui-même, à fusiller selon son bon plaisir. Que ce sera difficile, pourtant, si on n'attaque pas le système par la base! Dans notre présent état social, l'arbitraire d'une autorité militaire, il est inutile de le dissimuler, est toujours couvert près du chef de l'Etat par la somme des services que cette autorité peut rendre ou a déjà rendus à son gouvernement.

Nous sommes dans les journaux, n'en sortons pas. Cette fois, je suis heureux de saluer une note juste, humaine, vraiment nationale, j'entends de ce *nationalisme* qui place la dignité haïtienne dans le respect et la considération des autres peuples... Je lis dans l'*Effort* du 28 mars ceci :

« Un autre fait extrêmement regrettable est l'exécution sommaire de M. Léon Gabriel.

« Nous avons ouvert une enquête sur cette affaire et nous en parlons plus loin. Disons, dès maintenant, qu'il est pénible d'avoir à constater que, si on s'occupe tant de ce tragique incident, c'est parce que M. Léon Gabriel serait de nationalité française.

« Français ou Haïtien, cela importe peu.

« Nous ne voyons là qu'un fait déplorable et un système mauvais. Nous déplorons le premier et souhaitons qu'on en finisse désormais avec le second. »

Voilà le langage que le journaliste, soucieux de l'honneur de son pays, devrait toujours tenir. Ces quelques lignes sont un baume, un soulagement au milieu de dissertations s'évertuant à prouver que le malheureux fusillé était Haïtien. Haïtien ou étranger, qu'importe? Ou plutôt il importe beaucoup de ne pas tant démontrer que le titre d'Haïtien ne confère que le privilège d'être exécuté sommairement. Un peu de pudeur doit nous y engager... Que notre ministre des affaires étrangères, pour combattre la réclamation pécuniaire, s'appuie là-dessus, c'est son devoir. Il doit défendre nos intérêts. Il n'y a pas, à ce point de vue, pour lui, une question de principes : il y a surtout une affaire d'argent. Mais la presse a un autre rôle, beaucoup plus large, beaucoup plus grand : elle doit flétrir ce mauvais acte. Elle doit réagir contre cette criminelle coutume, homicide de l'idée de patrie, qui fait de l'Haïtien un paria dans son propre pays. Autrement, elle est, sans s'en douter, l'écho de l'avilissement, du démembrement national quand elle dit : Cet homme était Haïtien, on pouvait le fusiller sommairement (1). C'est pourquoi ces quelques mots de l'*Effort*, sous la signature de M. Sténio Vincent, lui font grandement honneur. Elles honorent toute la presse haïtienne.

Le vaillant journal ne s'est pas tenu là. Lisez toute cette enquête, ces interviews auxquelles il a soumis les témoins, les principaux personnages du drame. C'est très intéressant. Et on voit cette balle élastique, tragique qu'est l'exécution de Léon Gabriel, passer, rebondir de main en main. On ne

---

(1) Sous Salomon, un commandant militaire en tournée fait un peu bousculer, même un peu bâtonner dans une ville quelconque un paisible citadin qui, à son approche, ne s'était pas levé pour le saluer. Ce citadin se trouve, par malheur, être un étranger. Plainte au consul, dépêche au ministre des affaires étrangères, enquête, et, finalement, indemnité. Le général, blâmé, demeure perplexe et répond : *Je croyais qu'il était Haïtien !*

(Frédéric Marcelin, *Questions haïtiennes*, p. 108.)

sait plus qui a donné l'ordre. Personne n'en veut. C'est la condamnation de l'acte. Chacun plonge ses mains dans la cuvette de Ponce-Pilate et déclare : « Ce n'est pas moi ! »

J'ai eu, comme ministre, un moment douloureux dans ma vie... C'était quelque temps après la grave maladie du Président Hyppolite. Contre toute attente, il était revenu à la santé, à une santé que nous savions, que le public aussi savait très précaire. De là un malaise, l'espoir de l'affaiblissement du gouvernement découlant de l'affaiblissement du chef, peut-être bien, je n'en sais rien, des complots en formation... Un samedi, les bureaux fermés après quatre heures, j'étais remonté chez moi, à Turgeau, assez fatigué. Affalé sur un banc proche de la barrière entr'ouverte, je regardais distraitement le jardinier balayant, arrosant, mettant tout en ordre pour le lendemain dimanche... A. R. — il doit s'en souvenir, — passa sur la route, au galop de son cheval :

— Secrétaire d'Etat, me cria-t-il, il y a du mouvement en ville !

Je fis seller mon cheval et descendis rapidement. Je rencontrai le Président au moment où il rentrait au palais, à la tête de son escorte... Là, j'appris que Richard Allen, ayant tiré sur le commissaire de police chargé de l'arrêter, avait été exécuté. Une grande effervescence s'étant produite à la suite de cet événement, le Président avait fait une tournée militaire en ville.

Richard Allen était un charmant, un sympathique jeune homme, à la figure souriante, à la stature bien prise. Rentré depuis peu de l'exil, il était venu me voir dès son arrivée. Visite de simple politesse, car nous nous connaissions à peine. Il crut devoir me faire sa déclaration :

— Secrétaire d'Etat, me dit-il, je suis rentré pour ne me mêler de quoi que ce soit. Je ne veux m'occuper de rien. Je ne serai ni avec ni contre le gouvernement.

— Si vous êtes revenu pour jouer ce rôle, je n'ai, lui répondis-je, qu'un conseil à vous donner et très sincèrement : celui de vous en retourner dès ce soir à Kingston.

— Comment, secrétaire d'Etat, c'est vous qui me parlez ainsi ! C'est la confiance que vous inspire votre gouvernement !

— Il ne s'agit pas ici de confiance ou de défiance dans le gouvernement. Il s'agit de votre situation personnelle vis-à-vis de lui. Vous pouvez répéter que je vous ai donné ce conseil, qui vous paraît étrange dans ma bouche. Je vous y autorise. Vous connaissez trop votre pays, puisque vous y avez fait de la politique militante, pour ne pas sentir que l'autorité, telle qu'elle existe chez nous, ne croira pas à la sincérité de votre attitude. Exilé d'abord, rentré aujourd'hui, il vous sera difficile, non pas de vous abstenir, — puisque vous le dites, je ne veux pas en douter — mais de n'être pas mêlé, quoique vous fassiez, aux intrigues, aux racontars, aux dénonciations qui vous envelopperont. Vous serez la mouche dans la toile de l'araignée. Et ce ne sera pas, à proprement parler, de la faute du gouvernement : ce sera celle des choses. Croyez-moi ! Retournez à Kingston si vous n'êtes rentré que pour réclamer le droit problématique que chaque citoyen haïtien a de ne pas être avec le gouvernement, surtout quand naguère vous passiez pour un adversaire déclaré...

Je ne le revis plus, sauf une dernière fois, à une audience du dimanche, dans la grande salle. Le Président lui adressait quelques paroles. Il me parut résulter de sa réplique que, très crâne, il affirmait qu'il vivait à l'écart, ne se mêlant de rien et que c'était son droit.

Je veux rappeler encore ici un souvenir personnel qui me revint ce samedi-là très vivement, pendant qu'on me détaillait le drame qui venait de s'accomplir Le lecteur trouvera que j'abuse. Je l'avais prévenu. Durant que la pluie, glissant sur mes vitres embuées, y dessine des jambages bizarres, je n'ai de force que pour remonter au passé. Il est plutôt triste, comme vous voyez, triste comme notre histoire contemporaine. Mais au-dessus de ce passé, et très haut, et comme une invincible espérance dont ni nos folies, ni nos crimes ne sauraient altérer la sérénité radieuse, plane pour moi le lointain soleil du pays natal. Cela me réchauffe, cela me suffit à trouver quelque âpre intérêt dans ces pages... Voici le souvenir... Rentrant de Kingston, en revenant d'Europe, je crois, M. C. B. vint me voir et me parla d'un exilé... Oui, j'avais pensé et souvent pensé à lui, car il fut mon ami. Mais, quelle responsabilité et quel remords peut-être un jour! Qu'il rentrât de son plein gré, mon devoir de protection était tout tracé. Il l'était, en thèse générale, vis-à-vis de tous ceux qui réintégraient le sol de la patrie... Mais, prendre cette initiative, le faire revenir... Et si demain il arrivait subitement quelque chose? Je n'étais pas, en définitive, ministre de la police. Je n'étais pas dans le secret des mesures imprévues que la politique pouvait brusquement imposer. Et quel ministre autre que celui de l'intérieur — et encore n'est-il souvent que l'esclave des circonstances! — est au courant de ces mesures-là? En pareille occurrence, à demander un conseil, on vous répond : « Il faut qu'il soit sage, qu'il reste bien tranquille ! » Or, qui peut déterminer exactement et à l'avance la limite précise où un homme, revenu de l'exil, cesse d'être sage et commence à ne plus se tenir tranquille, aux yeux de l'autorité haïtienne ?

Après mille combats avec moi-même, je m'abstins. C. B. dut naturellement me trouver ingrat, traître à l'amitié. Hélas ! ce samedi après-midi, le sort du malheureux Richard Allen ne me fit pas, je l'avoue, regretter mon abstention. Mon exilé, celui qui serait rentré sous ma garantie, sous ma foi, aurait pu être à sa place... Et cela me donnait un terrible frisson. Aucune question d'individualité, aucune question personnelle n'est en jeu ici, on le comprend : seul l'état de notre malheureux pays est en cause. Le gouvernement absolu, le régime militaire, qui est si fortement enraciné chez nous qu'il semble être notre chair et nos os, est le principe de tous ces drames étonnants... Ils éclatent avec la soudaineté de la foudre. Ils déroutent toutes les prévisions. Et, une fois accomplis, on juge inopportun de les répudier. — Le vin est tiré, il faut le boire. — On préfère essayer d'en extraire le meilleur rendement possible, car il y a des exemples où, condamnés, ils ont fait plus de mal que carrément acceptés. Dans l'état de notre politique, on ne doit pas trop compter — j'en reviens toujours là, — qu'un chef d'État répudie un acte violent, criminel, s'il pense que cet acte a été accompli dans l'intérêt du maintien de son autorité. Où trouver autrement l'explication de l'impunité de tant de faits réprouvés par les lois, commis par des lieutenants tout puissants dans différentes parties du pays, à Port-au-Prince même ? Mais nous ne conviendrons jamais que le militarisme est la source de tous nos maux et, surtout, nous ne voudrons jamais aviser sérieusement aux moyens de restituer à la société civile ses privilèges et ses droits. Car tous, nous sentons remuer en nous de petites âmes de dictateur, promptes à fleurir sous l'habit militaire.

Le lendemain, à l'audience du dimanche,

le général Hyppolite débuta ainsi : « Hier, l'autorité a ordonné l'arrestation de M. Richard Allen. Il a résisté à l'autorité qui a fait ce qu'elle devait faire. Si les agents du ministre de l'intérieur n'avaient pas en cette circonstance rempli leur devoir, le ministre ne serait pas entré dans la cour du Palais ; je l'aurais révoqué... »

Le général Hyppolite n'avait ordonné aucune exécution. Il ne dut vraisemblablement apprendre l'acte qu'après son soudain accomplissement. Mais il était commis. Il en accepta tout de suite la responsabilité. Je doute qu'avec lui les interviews de l'*Effort* eussent été possibles. D'abord, elles auraient été parfaitement inutiles. Il n'y avait pas d'équivoque, pas de faux-fuyant. Il couvrait tout le monde, allait lui-même au-devant de l'interview.

Un acte violent est toujours un acte violent. Rien ne saurait lui enlever ce caractère. Retirer la vie, en dehors des lois, à une créature humaine, restera toujours la plus grave des infractions que l'homme puisse commettre. Mais se renvoyer la balle de l'un à l'autre après avoir fait cela, c'est, si je puis ainsi parler, avilir votre crime, c'est lui enlever cet éclat sanglant, cet éclat de pourpre auquel les hommes, malgré eux, vouent une maladive terreur. Ce n'est plus du sang alors qu'on a versé : c'est de la boue, c'est du mépris sur soi. Et on transforme le pouvoir en une misérable parodie de Cour d'assises où de piteux assassins se retournent les uns aux autres le fardeau du coup décisif... Ne vous semble-t il pas que les interviews de l'*Effort* produisent cet effet ?

Je retrouve un peu plus loin, dans le même journal, une page dramatique. Je dis dramatique ; je devrais ajouter : et instructive. Le fait est que pour nous autres, Haïtiens, elle est matière à méditation. C'est le procès-verbal d'autopsie de Joseph Barreau, mort dans la prison de Port-au-Prince le 24 mars 1902 :

Nous avons été introduits dans la première chambre du deuxième carré, où nous avons trouvé le corps d'un homme de quarante à cinquante ans, de taille moyenne, que nous avons reconnu, avec le juge de paix, être celui de Joseph Barrau, âgé de quarante-sept ans.

En différents points de la chambre, nous avons trouvé une paire de chaussettes, une paire de pantoufles, une casquette, une couverture de laine, un oreiller et un mouchoir. Des taches de sang sur le parquet, à côté de la tête.

Après avoir constaté, par l'inspection de ce corps, qu'il était bien privé de vie depuis au moins neuf heures, nous avons commencé par en examiner minutieusement les parties extérieures.

Le corps, complètement vêtu de pantalon, lévite et chemise, était dans le décubitus dorsal. Le membre gauche supérieur fléchi et appuyé contre le flanc du même côté.

La tête se trouvait appuyée contre une barre de fer.

La face, très congestionnée, d'une couleur violacée, laissait observer une bouche légèrement ouverte qui donnait issue à une écume blanche. Du sang coulait des narines.

Les taches de sang observées sur les deux pieds ont été occasionnées par des morsures de rats nettement caractérisées.

Après ces examens, le cadavre, sur notre demande, a été placé sur un brancard et transporté à la salle de dépôt pour l'autopsie.

Déposé sur une table au milieu de la salle, il a été déshabillé pièce par pièce. Tout a été trouvé intact. A l'une des poches de son pantalon, nous avons retiré une cravate; une paire de manchettes portant deux boutons en or a été trouvée à l'une des poches de sa lévite. Ces différents objets, ainsi que trois boutons de chemises, sont remis à sa famille.

. . . .

De l'examen qui précède, nous concluons que la mort a été occasionnée par la congestion générale des deux poumons.

Ah! ces détails, cette tête appuyée contre la barre de fer, ce sang coulant des narines, ces morsures de rat aux deux pieds!... Nous avons vécu cela la plupart d'entre nous, nous pouvons vivre cela demain, par nous-mêmes ou par quelqu'un des nôtres, un père, un frère, un fils... Nous connaissons bien le supplice de la prison tortionnaire, de la barre homicide pour crime politique ou simplement par caprice, par bon plaisir. Quel Haïtien peut s'en croire à l'abri?

Très jeune, je fis leur connaissance. C'était aux Gonaïves, dans les premiers mois de

Salnave. J'y trafiquais sur les denrées de la place pour le compte d'une maison de Port-au-Prince.... Un jour, je refusai d'acheter la soute d'un spéculateur parce qu'il voulait me faire payer ses cafés au-dessus du cours.

— Croyez-moi, insista-t-il, vous avez tort de vous mettre mal avec moi pour quelques centimes. Cela pourra vous coûter plus cher !

Je ne le crus malheureusement pas. Une semaine après cet entretien, on battit la générale ; les Cacos avaient fait leur première trouée dans la plaine de l'Artibonite. Immédiatement, mon spéculateur, qui était un grand chef de volontaires, tomba en bataille avec ses hommes devant ma porte. Il cria que j'étais un mauvais citoyen pour rester chez moi quand la Patrie était en danger. Mais, au lieu de m'envoyer aux remparts, ce qui aurait été assez naturel, il m'envoya en prison. On m'enfourna dans une petite pièce obscure, infecte. On me passa les pieds dans la barre de fer. Une heure après, on introduisit, à coups de trique, une vingtaine de *travaux forcés* dans mon cachot. Ils montèrent sur le lit de camp où j'étais enchaîné, ils me piétinèrent, ils me couvrirent de vermine. L'air, déjà irrespirable, devint introuvable à ma respiration pénible. Il s'en fallut de peu qu'au matin de cette nuit-là on ne me retrouva comme l'autre : *la face congestionnée, d'une couleur violacée, laissant observer une bouche légèrement ouverte donnant issue à une écume blanche!* Ce qui m'aurait privé de vous conter ce trait de notre vie locale que certainement, sans grand effort, vous retrouverez tout pareil, plus complet peut-être, dans votre propre souvenir à vous ou dans celui de quelques-uns de vos proches...

Quelque temps après, passant dans une ruelle écartée, j'entendis des gémissements douloureux, plaintifs, sortir d'une petite maison. Je m'y arrêtai. Un homme se mourait. C'était mon emprisonneur. Ce serviteur de Bellone était un fervent de Vénus. Or, un de ses soldats, ayant abandonné la faction nocturne qu'il lui avait intentionnellement imposée, l'avait surpris avec sa femme. Il l'avait fortement attaché au lit, les jambes écartées. Tirant alors la baguette de son fusil, il l'avait flagellé à tour de bras sur la partie peccable. Malgré les cataplasmes dont on l'avait emmailloté, il achevait d'expirer atrocement.

Je ne vis pas là, croyez-le bien, le doigt de Dieu, car je ne crois pas qu'il s'abaisse jusque là...

IX

M. Jean Hess.

J'avais lu déjà dans le *Journal*, de Paris, du 15 avril, l'article de M. Jean Hess, relatant l'exécution sommaire de Léon Gabriel. Je n'en aurais pas parlé, craignant que l'on ne me reproche de donner l'opinion d'un étranger... Mais je le trouve, cet article, reproduit tout au long dans l'*Effort* du 2 mai qui vient d'arriver, qui est là sous mes yeux. Mon scrupule tombe et je détache ce passage à votre intention :

On emmenait le prisonnier. On le poussait, on le traînait, on le portait, et toujours des coups; un officier passait son sabre entre les hommes pour piquer, pour frapper ; j'ai entendu sonner la ferraille de la lame...

Au milieu du Champ de Mars, le cortège s'arrêta un instant. Allait-on achever l'homme en cet endroit ? Non. Accouru du palais au grand galop, un aide de camp, un général en habit azur, cria que le président ne voulait point cela devant chez lui. Alors, très vite, le cortège partit dans la direction du cimetière. Par les rues qui s'animaient, j'ai suivi cette course à la mort ; j'ai vu les hommes se cacher, les femmes s'agenouiller. Et c'était l'arrivée, tout de suite, sur la petite place ombragée par les grands manguiers, devant le mur du cimetière.

Quelle chose horrible, en tous pays, quel acte démoniaque... une exécution, des hommes qui tuent un homme !... Il m'a semblé que là c'était plus horrible encore, tant le drame se déroulait rapide ; une fulgurante vision de cauchemar. Est-ce que cela n'était pas un rêve mauvais de fièvre ? Non, cela était la réalité. Une réalité effroyablement tragique. Et cela était aussi d'un grotesque douloureux pour des nerfs européens, ces soldats en haillons, ces soldats aux fusils rouillés, ces soldats en tumulte... grotesque au point de faire oublier que la parade était une parade de mort... qu'un homme allait mourir... que dis-je, mourait ?

A peine arrivés, les soldats qui l'avaient traîné lâchaient l'homme et s'éloignaient de quelques pas. Le malheureux qui haletait, qui hoquetait, qui agonisait, le malheureux se roidissait pour faire face à la mort... car ils sont braves, ces noirs... peut-être aussi cherchait-il un grand mot qui donnât légende à sa pauvre carrière politique... Mais cela durait une seconde... il tombait fusillé à bout portant, la tête éclatée de balles.

Terminée la besogne, aussitôt partaient les soldats de police, leur chef et leur général, impassibles tous.

Le mort demeurait couché sur l'herbe. Des curieux venaient. Du cimetière sortaient les fossoyeurs. On creusait un trou devant le mur.

Au moment où l'on y portait l'homme à la tête fracassée, aux membres rompus, à la poitrine percée, une femme, la veuve, accourait échevelée, voyait, puis s'abattait en une crise de cris dont la douleur est presque dans mon oreille.

Des patriotes peut-être penseront que cet étranger se mêle de choses qui ne le regardent pas. Ils regretteront qu'on n'ait pu l'empêcher de parler. Et il est sûr qu'un Haïtien qui aurait écrit ces lignes d'émouvante pitié, d'horreur vraie, aurait passé près d'eux un vilain quart d'heure. Il aurait été mis au ban de l'indignation nationale. On l'aurait accusé de trahir, de livrer la

Patrie, de violer des secrets que nous devons nier énergiquement, bien qu'ils soient publics, qu'ils crèvent l'œil. L'important, pour ces monopoliseurs du patriotisme, semble seulement que ces secrets ne se trouvent jamais sous la plume d'un Haïtien, car, alors, en dépit de l'évidence, on peut les rejeter toujours sur la malveillance de l'étranger... Que diable ! il faut avoir *l'âme haïtienne*. Et, c'est archi-connu, n'ont l'âme haïtienne que ceux qui ne tolèrent aucune critique de notre état social parce que, continuent-ils à répéter, c'est fournir des armes contre son pays... L'autruche cache sa tête sous ses ailes et dit : Je suis à l'abri. Nous élevons, nous, des constitutions, des lois, des législations, nous vernissons nos hommes publics de quelques formules banales... Contents de nous-mêmes, montrant ce plâtrage, nous disons au monde : Nous sommes des civilisés !

Ayons le courage de le confesser, précisément pour marquer enfin notre volonté de marcher de l'avant : ce cartonnage ne constitue pas la civilisation. Notre constitution sociale, la vraie, celle que vous et moi nous subissons à chaque instant de notre existence — non pas celle de l'imagination de nos journaux, de nos livres, de nos discours officiels — est plutôt barbare. Elle ne respecte ni l'opinion, ni la liberté, ni la vie humaine, ni quoi que ce soit.

La page qu'on vient de lire l'atteste.

Naguère, nous nous sommes révoltés contre la parole d'un magistrat français qui, à propos d'un crime passionnel, s'écriait bêtement : C'est nègre ! — Comme si ce magistrat, quelque mauvais psychologue qu'il fût, pouvait ignorer que, dans ce domaine de la criminalité, ce sont surtout les peuples avancés, vieillis en civilisation, qui donnent les plus fréquents, les plus complets exemples de ces crimes-là ! — Mais combien plus justement méritons-nous le blâme quand, non plus un acte individuel, mais un acte de notre vie nationale, au mépris de toute civilisation, au mépris du siècle où nous vivons, soufflette ainsi le dogme du respect de la vie humaine, car c'est l'autorité qui fait cela, qui prend l'homme, l'entraîne au pas de course, le colle au mur, le fusille, sommairement, sans jugement... Quelle idée nous faisons-nous donc de l'autorité, puisque, de tous temps chez nous, nous en avons accepté cette image atroce ?

Non, cela n'est pas de la civilisation...

Pourtant, notre peuple est bon. Il est doux, il est charitable, il est compatissant. Toutes les vertus fleurissent sur notre sol, ingénument, librement comme les fleurs de nos champs. Notre jeunesse est fière, héroïque. Une poussée de vaillance ardente et généreuse, périodiquement, après chaque compression, reparaît en elle, en pure perte, il est vrai. Nos hommes d'Etat ne se lassent pas de méditer doctement, quotidiennement, sur les moyens d'assurer, de garantir les libertés publiques. Ils nous dotent à cet effet, et le plus souvent qu'ils peuvent, de fort savantes constitutions, de lois irréprochables. A quoi bon ? A quoi bon si vous n'appelez pour vous gouverner que des gens qui, à l'occasion, n'hésitent pas à vous coller au mur... Il ne faut pas, à la rigueur, leur en faire un crime, leur en vouloir. Ce n'est pas leur faute. C'est la profession qui veut cela. Ils n'ont pas, au demeurant, d'autre conception de l'autorité. Vous me direz qu'ils peuvent avoir de bons ministres. Erreur. Les bons ministres ne leur serviront pas à grand'chose dans ces moments-là, quand ils croiront que leur intérêt exige qu'ils aient de la poigne. Citez-moi un seul ministre de la justice qui ait empêché un acte illégal, emprisonnement ou fusillade. Généralement, d'ailleurs, il ne l'apprend qu'après coup. Il peut, il est vrai, donner sa démission, protester contre le fait accompli. Mais, à part que ce n'est pas dans l'usage, cela n'a aucune importance par rapport à l'acte lui-même qui, sous son successeur, se rééditera. C'est une mince considération, il faut en convenir, un mythe où notre crédulité intéressée s'est complu jusqu'à ce jour, que de croire que l'essence de nos gouvernements autoritaires pouvait être modifiée, pouvait être transformée par l'adjonction d'un ou de deux hommes intelligents. Si le chef lui-même ne se prête pas, par une grâce inespérée, à cette adaptation, elle ne pèsera pas lourd pour empêcher, un peu partout, dans toute la République, les brutalités, les exécutions sommaires dictées par la raison d'État ou déguisées de ce prétexte. Pour s'en convaincre on n'a qu'à repasser la liste des différents ministères qui se sont succédé chez nous depuis Boyer. On verra que presque tous ces chefs d'État autocrates ont eu la coquette attention d'appeler à leurs côtés leurs concitoyens les plus recommandables par leurs lumières, leurs vertus, leurs talents. Ils ont, en majorité, presque toujours semblé obéir aux vœux de l'opinion publique qui les leur désignait. Personnellement, livrés à eux-mêmes, à leurs instincts, à leurs habitudes sociales, ces collaborateurs (!) qu'ils se donnaient eussent été parfaits. Pris dans l'engrenage, prisonniers du système — de ce système bizarre qui, avec des institutions libérales, fait résider tout pouvoir effectif dans l'armée dont le chef suprême est le Président — ils n'ont pu rien dans aucune des branches du service public. Tous ont été forcés de plaider plus tard les circonstances atténuantes. Ceci n'est guère contestable, puisque nos révolutions, notre déclin persistant attestent jusqu'à l'évidence que nous sommes le peuple le plus mal gouverné qui soit... Il n'est pas surtout contestable que la plus grande partie de nos ministres de la justice n'aient été les sommités intellectuelles, judiciaires et morales de leur pays. D'où vient donc — pour ne nous en tenir qu'à cette spécialisation — que l'arbitraire, le dédain des formes de la justice, le séquestre indéfini des personnes, le mépris de la vie humaine aient été, jusqu'à ce jour, la règle de tous nos gouvernements ?... J'ai trop souvent débattu cette question pour insister encore là-dessus. Mélancoliquement, je me borne à penser que les proverbes sont parfois menteurs, notamment celui qui dit : Un peuple n'a que le gouvernement qu'il mérite. — Non, le peuple haïtien méritait d'être gouverné autrement...

M. Jean Hess n'est pas un ennemi de notre race. Loin de là. Je le dis pour ceux qui, à Haïti, ne l'ont pas connu suffisamment. Il a eu des plaidoyers de sensibilité vraie, émue, de pitié douce aux humbles et aux faibles. C'est un passionné, au cœur largement ouvert, des causes justes, indéfendables. Il n'a jamais pratiqué le barbare égoïsme de cacher les hontes de la colonisation, si elles étaient commises même par son pays. Naguère, il nous montra Norodom, roi du Cambodge, protégé de la France, librement venu à elle, mis aux fers par un fonctionnaire de la métropole... Scandale bien fait pour enseigner aux peuples à garder coûte que coûte leur indépendance... C'est un ami de l'humanité, c'est un ami de notre race... tout au moins jusqu'à son séjour chez nous.

Quand parut son livre *L'âme nègre*, où la poésie des hommes qui vivent autour des orangers fétiches et des bombax géants, était rendue fidèlement, dans une note pénétrante et humaine, je lui envoyai ma carte et mes félicitations.

Il me répondit :

« Merci, cher monsieur. En défendant comme je le fais votre race et votre pays, j'accomplis tout simplement mon devoir d'honnête homme. Mais la nécessité de cette « défense » qui se renouvelle si souvent prouve qu'il y a beaucoup à faire dans cet ordre d'idées.

« Voulez-vous que nous en causions ? »

Je m'empressai de lui faire ce mot :

« Comment donc ! C'est avec le plus grand plaisir que j'accepte votre aimable proposition. Mais où vous prendre ? Vous devez être très occupé. Ce matin encore, je vois dans le *Figaro* que vous rompez une lance, et une bonne, en faveur de la propagande de Jules Lemaître et de Bonvalot. Par ricochet, elle est nôtre, cette propagande, car c'est bien dans l'expansion rationnelle au dehors — non barbare, brutale et destructive — qu'ils préconisent pour faire la France nouvelle, dans le contact civilisateur qui en est la suite, qu'est l'avenir de notre race... Si vous voulez, je vous attendrai demain chez moi de deux à trois heures. Vous me permettrez de vous offrir un cigare et du rhum d'Haïti. En les dégustant, car ils sont bons, nous causerons du jour prochain, je l'espère, où Haïti n'aura pas seulement que son rhum, son café ou ses cigares à offrir au monde civilisé... »

Il vint à l'heure dite. Nous causâmes de ses voyages, car il a beaucoup voyagé, de cette Afrique nègre surtout qu'il aime d'une tendresse active, un peu en défiance contre ses avides et cruels exploiteurs. Nous causâmes d'Haïti. Je m'abstins pourtant de l'engager à y aller. Excusez-moi de vous l'avouer : à un commerçant, à un industriel, à un capitaliste je n'observe pas les mêmes réserves. Je dis nettement, chaleureusement ce qui est la vérité : peu de pays offrent autant de facilités à l'étranger pour faire fortune rapidement. Mais je n'ai plus le même enthousiasme, je suis plus circonspect avec un intellectuel, un homme de pensée. — Que pourrions-nous, en somme, lui montrer ? — Je crains les désillusions... Ce cerveau qui, sous la case de terre séchée de l'Africain, comprend, pénètre cette âme simple, sauvage, j'appréhende qu'il ne reste saisi, stupéfié devant la nôtre tant compliquée... Quel contraste, en effet, pour lui, entre notre organisation politique si arriérée et le développement de notre esprit alerte, avisé, moderne ! Se peut-il que ce soient les mêmes hommes, les mêmes jeunes gens qu'il coudoyait à Paris, qui dissertaient si bien, en dehors de chez eux, de l'avancement de leur race et qui entendent si mal la même question dans leur patrie ! Se laissant entraîner par cette première impression, il se refuse alors à comprendre... Il se refuse à chercher, à descendre plus bas, à trouver sous cette enveloppe factice, de parade, notre peuple, notre vrai peuple... Et peut-être aussi dans quelques-uns d'entre nous quelques bons, quelques solides sentiments sur lesquels l'œuvre de demain pourrait peut-être s'appuyer... Il n'a pas le temps. Il nous englobe dans un jugement d'ensemble. La tristesse, le désenchantement s'emparent de lui, quand ce n'est pas, hélas ! le dénigrement systématique.

C'est pourquoi je m'abstins d'engager M. Jean Hess à visiter notre pays. Il y est allé pourtant. La fatalité a voulu qu'il assistât à un petit drame qui a dû dérouter toutes ses idées d'homme civilisé. J'écris petit drame — et vous me comprenez de reste — parce qu'il n'y a eu qu'un homme de tué. Mais le drame ne reste pas moins grand, comme les autres du même genre l'avaient été, par la portée morale. Et c'est ainsi certainement qu'il a dû se fixer dans l'esprit de M. Jean Hess.

X

Le titre sous lequel j'ai placé ces pages décèle ma pensée, mon espoir... Comme on voudrait voir tous les actes violents à jamais tombés au passé, disparus pour toujours! Quand, parlant d'un fait brutal, commis à l'encontre des lois, on pourra ajouter : *C'est le passé, ça!* avec la fière assurance qu'il ne saurait se reproduire, on sera alors certain que les Haïtiens ont enfin donné à leurs institutions le développement logique, pratique qu'elles comportent. La fiction cessera de dominer la réalité. A ce moment, seulement, nous pourrons sérieusement envisager des destinées nouvelles. Et combien l'amour profond, indéracinable que nous avons pour la Patrie en doublera !...

La maxime *ubi bene, ibi patria* n'a jamais été, malgré tout, la doctrine de l'Haïtien. C'est surtout chez lui qu'il se trouve bien. Mais il faut ajouter que nous aimons la Patrie malgré ses défauts, en dépit du sort qu'elle nous fait. Nous sommes à peu près comme la femme souvent battue, dont l'amour croit en raison des coups qu'elle reçoit. Cette espèce n'est pas commune, je l'avoue, surtout depuis les progrès du féminisme Elle existe encore. cependant. Nous avons le tempérament de cette femme-là... Si jamais nous perdions notre nationalité, à laquelle, pour le moment, on dirait que nous n'attachons pas tout le prix qui est vraiment dans notre cœur, nous étonnerions le monde dans nos efforts pour la reconquérir. Par la suite, nos lamentations et nos regrets de la Patrie perdue égaleraient ceux des juifs. Nous serions les éternels errants, à moins d'être, dès le début, les héroïques exterminés !

XI

La pluie continue toujours à taper sur mes vitres... Oh ! l'insupportable mois de mai, froid, brumeux !... Je laisse tomber la plume. Je suis las d'invoquer les tristes fantômes d'amis disparus, les mauvais souvenirs de sang, de deuil... Je recommence, malgré moi, à rêver les yeux fixés à l'âtre... Dans le feu assoupi, à demi éteint, qui semble rêver aussi, soudain une flamme brille, s'élance, éclate... Elle me réveille en sursaut... Et voici qu'elle me porte à l'âme comme une caresse chaude, réconfortante, la caresse de l'espérance... Avec joie, j'en reçois l'augure... Du foyer à demi mort de notre nationalité, un jet lumineux jaillira de même, chassant les lourdes ténèbres, découvrant enfin le modeste avenir de paix, de tranquillité, de bonheur qui nous est bien dû après tant de misères et de déceptions !

TABLE DES MATIÈRES

Paris. Soc. anonyme de l'Impr. Kugelmann (G. Balitout, direct.),
12, rue de la Grange-Batelière. 12.

FRÉDÉRIC MARCELIN

Ducas-Hippolyte
(Biographie d'un poète haïtien)

La Politique
(Discours à la Chambre des Députés)

La Banque Nationale d'Haïti

Questions haïtiennes

Le Département des Finances et du Commerce d'Haïti

Les Chambres législatives d'Haïti
(1892-1894)

Choses haïtiennes
(Politique et littérature)

Haïti et sa Banque Nationale

Nos Douanes (Haïti)

Haïti et l'indemnité française

Une Évolution nécessaire

Labasterre
(Roman haïtien, chez OLLENDORFF)

La Vengeance de Mama
(Roman haïtien, chez OLLENDORFF)

L'Haleine du Centenaire

www.ingramcontent.com/pod-product-compliance
Ingram Content Group UK Ltd.
Pitfield, Milton Keynes, MK11 3LW, UK
UKHW021055200726
13857UKWH00003B/924

9 782012 927186